[illegible] BRISSON

Florise Bonheur

PARIS

MODERN BIBLIOTHÈQUE

ARTHÈME FAYARD, ÉDITEUR

Prix : 0 fr. 95 Net l'ouvrage complet. ÉDITION ILLUSTRÉE.

ADOLPHE BRISSON

Florise Bonheur

PARIS
MODERN-BIBLIOTHÈQUE
ARTHÈME FAYARD, ÉDITEUR
78, BOULEVARD SAINT-MICHEL, 78

Florise Bonheur

Ou les « biffins » accomplissent leur besogne de termite.

ADOLPHE BRISSON

Florise Bonheur

Illustrations d'après les aquarelles

DE

TOFANI

PARIS

MODERN-BIBLIOTHÈQUE

ARTHÈME FAYARD, ÉDITEUR

78, BOULEVARD SAINT-MICHEL, 78

AVANT-PROPOS

Ce récit n'est point une œuvre d'imagination. Il renferme — et c'est sans doute son principal mérite — un tableau exact et sincère de la vie, des événements que je n'ai nullement créés, mais qui se déroulèrent devant moi et que j'enregistrais en témoin fidèle, au fur et à mesure qu'ils s'accomplissaient. Pas plus que les circonstances, les personnages qui figurent dans ces pages ne sont inventés... Quelques-uns sont désignés sous leurs noms véritables, d'autres sous des noms d'emprunt. Aucun d'entre eux n'est apocryphe. Pendant près d'une année, je les ai suivis, m'associant à leur dure existence dont j'eusse voulu, s'il m'avait été possible, alléger le poids. Et bientôt ils m'inspirèrent une sympathie passionnée.

Comment ai-je été conduit à m'inquiéter de la famille Bonheur? Je ne saurais trop le dire. Il y a des idées qui germent tout doucement dans notre esprit et l'inclinent à de certaines études. J'avais lu les enquêtes précises et substantielles de M. du Maroussem sur le monde du prolétariat. Et je désirais en approcher à mon tour, l'observer avec une entière bonne foi, me dégageant de tout préjugé politique, de toute opinion préconçue, n'ayant que le souci de le peindre. Et c'est alors que le hasard mit sur mon chemin Florise...

Je l'ai à peine embellie, et j'ai tracé d'elle un portrait ressemblant. Si jamais mon petit livre lui tombe entre les mains, elle s'y reconnaîtra. Mais je ne pense pas qu'elle s'attarde outre mesure à le feuilleter. Lorsque les chapitres qui s'y enchaînent paraissaient dans le *Temps*, elle m'en parlait quelquefois, mais avec une indifférence singulière. Et ce détachement me plaisait; j'y voyais la preuve que Florise n'était, à aucun degré, femme de lettres. Pourtant elle aurait eu mille raisons de s'attacher à la relation de ses aventures, de ses malheurs, de ses bonheurs fugitifs. Elle n'en tirait pas d'orgueil; elle ne se trouvait pas flattée, comme l'eut été, apparemment, une jeune fille du monde, d'attirer les regards. Elle continuait de suivre sa route, un peu étonnée de tant de bruit. Je crois qu'elle n'a jamais compris pourquoi je m'occupais d'elle...

Et c'est ainsi que fut composé ce roman. Florise l'a vécu. Je l'ai écrit. Elle parlait, elle agissait, elle souffrait; par moment elle oubliait ses peines. Et je notais ses paroles, ses gestes, ses cris de révolte, ses éclats de rire. J'ai traversé, de la sorte, à ses côtés, ce coin de faubourg, qui ne renferme pas seulement des cabarets où l'on chante, mais des logis où l'on pleure, où l'on s'use les yeux, où l'on grelotte. Il n'est pas aisé de pénétrer dans ces milieux; la bonne grâce de Florise n'eût pas suffi pour m'y introduire. J'ai rencontré d'autres concours. M. Pugeault, maire de Montmartre; le directeur du Mont-de-Piété, M. Ed. Duval; quelques fonctionnaires de la Ville; M. Henri Nicolle, alors commissaire, aujourd'hui administrateur de l'Assistance publique; M. Carpin, commissaire de police du XVIIIe arrondissement; M. Jaluzot, M. Dufayel, M. Favaron m'ont facilité l'accomplissement de ma tâche, et m'ont ouvert des portes qui, sans leur autorité, fussent demeurées closes. Je leur adresse ici mes remerciements.

L'impression que j'ai rapportée de ces courses vagabondes, — essayerai-je de la définir?... Elle est complexe. — Quand je fus admis, pour la première fois, au sein de la famille Bonheur, j'étais animé de dispositions non pas précisément hostiles, mais défiantes. Quelques bourgeois de ma connaissance m'avaient averti :

« Vous serez déçu, me disaient-ils. L'ouvrier, et surtout l'ouvrier des villes, n'est pas digne d'intérêt. Il se plaint sans cesse. Il est l'auteur de ses maux. »

Peu à peu, ces préventions se sont dissipées : j'avais mal vu — de trop loin — les gens du peuple. Leur contact m'inspira des sentiments nouveaux : la pitié d'abord, une indulgence fraternelle, puis, pour beaucoup de ces humbles, une estime, une admiration profondes; enfin la persuasion que tout n'est pas au mieux dans la meilleure des républiques, et que les progrès déjà obtenus ne sont rien auprès de ceux qui restent à accomplir.

J'accorde que l'ouvrier a parfois des façons irritantes de défendre ses idées. Sa culture imparfaite, sa crédulité, le crédit qu'il accorde aux politiciens, le peuvent rendre intolérant, violent et sectaire. L'ouvrière est en dehors de ces luttes. Elle est d'autant plus touchante qu'elle ne s'y mêle pas. Lorsqu'elle glisse sur la pente du désordre, elle a souvent pour excuse l'abandon, le mauvais exemple ou la faim. Lorsqu'elle persévère dans l'honnêteté et la vertu, elle est sublime. Et c'est pourquoi il faut la plaindre, et dans la mesure où on le peut, la secourir.

Telle est la pensée qui m'a soutenu, alors que je bâtissais au jour le jour ce « *roman par interviews* ». Je souhaite que ce soit aussi la leçon qu'en dégage le lecteur.

A. B.

Florise est une jeune personne de Montmartre qui vient, deux fois par semaine, coudre à la maison.

CHAPITRE PREMIER

L'Enfer alcoolique

Je vis, hier, que la petite Florise Bonheur avait les yeux rouges. Florise est une jeune personne de Montmartre qui vient, deux fois la semaine, coudre à la maison. On ne peut pas dire qu'elle soit jolie. Elle a les traits chiffonnés, les cheveux roux, le nez en l'air, un nez drôlet, dessiné par Willette, et ce bagout pittoresque des filles nées dans la rue et qui n'ont jamais quitté Paris. Enfin quand elle ne pleure pas, elle est très gaie. Et c'est cette belle humeur, jointe à son nom gentil, qui m'ont attaché à elle.

Chaque fois que je passe par l'office, où elle travaille, courbée sur sa machine, je lui envoie un bonjour affectueux.

— Eh bien ! mademoiselle Florise, quoi de nouveau ?

Elle lève la tête et, dans des éclats de rire et des exclamations sans fin, elle me débite la chronique du quartier. Cela n'est guère intéressant et cela m'amuse. La façon de parler vaut mieux que ce qu'on dit. Et Florise Bonheur a une manière tout à fait spéciale de narrer, imitant et singeant ses personnages, soulignant leurs ridicules et, quelquefois, s'apitoyant sur eux avec d'ironiques et touchantes effusions. Ses gestes sont toujours expressifs et son regard plein de vie. Et voilà pourquoi je m'attarde à écouter les ragots de Mlle Florise.

Peu à peu, j'ai appris son histoire, sa situation, ses soucis, ses projets ; pourquoi elle s'appelle Florise.

Quand elle naquit, sa mère fut prise des douleurs en traversant la place Pigalle. Un marchand des quatre saisons, qui vendait des fleurs, la secourut, l'aida à regagner son logis et lui envoya, le soir même, une magnifique botte de lilas. L'enfant vint au monde parmi ces grappes odorantes ; et les voisins, avec l'admirable instinct des gens du peuple et qui fait d'eux des poètes, décidèrent qu'on lui donnerait le nom de « Fleurise » ou de « Florise ». Le printemps, l'avenir, lui souriaient.

Jusqu'à douze ans, la fillette n'eut pas trop à se plaindre de la vie. Son père était maçon, sa mère était repasseuse. Deux autres « gosses » étaient arrivés : Emile et Pauline. Puis on avait eu des maladies, des chômages. Papa Bonheur fréquentait chez le mastroquet, pour « y chercher de l'ouvrage ». Maman Bonheur était fatiguée. On avait mis Emile en apprentissage. Pauline trottinait dans les cotillons maternels. Et, ma foi, c'est sur Florise que toute la maisonnée reposait. Elle avait eu un moment de révolte et de désespoir et s'était enfuie pendant huit jours avec un mauvais rapin qui s'obstinait à la suivre quand elle dégringolait la rue Saint-Eleuthère, et qui s'empressa de la lâcher sitôt son caprice satisfait. Elle rentra au bercail, humiliée, et sans un mot d'explication, reprit l'aiguille.

Eh bien, mademoiselle Florise, ça ne va pas ?

Ainsi la pauvre Florise ne ressemble pas tout à fait aux pures héroïnes de Dickens. Elle a eu des aventures, elle a « fauté ». Et je l'aime mieux ainsi ; elle m'apparaît moins exceptionnelle, plus humaine, meurtrie par la grande ville, où la vertu a tant de peine à se défendre des pièges. Et elle a racheté sa faiblesse passagère par la plus noble vaillance, ne se plaignant jamais, avalant, quand la besogne est pressée, ses quinze heures de couture. Elle a vieilli, son teint s'est fané ; elle n'a que vingt-deux ans, et, par moment, il semble qu'elle en ait trente. Les peintres de Montmartre ne lui font plus une cour si assidue. Et elle n'a presque plus de mérite à demeurer sage. Enfin, malgré sa misère, elle a de l'entrain, et un enjouement primesautier qui me ravit. Aussi fus-je ému en la voyant, hier, toute triste.

— Eh bien ! mademoiselle Florise, ça ne va pas ?

Ses larmes, contenues à grand'peine, ruisselèrent. Ce fut une inondation, un déluge ; des sanglots étouffés dans le mouchoir, des cris et des râles d'angoisse. Je saisis ces mots, entrecoupés de soupirs douloureux :

— Papa a eu une attaque !

— Parbleu, c'était fatal ! Le vieux misérable, à force de « chercher de l'ouvrage » à l'assommoir, s'est alcoolisé. Le *delirium tremens* le guette, comme Coupeau. Florise, un peu soulagée par l'effusion de ses pleurs, m'a conté la chose en détail. Depuis longtemps son père la préoccupait; il avait pris de méchantes habitudes; il devenait violent, nerveux, se plaignait de n'avoir pas de besogne et refusait, sous divers prétextes, celle qu'on lui proposait; il rentrait dans des états abominables, tapait à coups de poing sur les meubles ou bien restait immobile et comme hébété durant des heures. La redoutable folie alcoolique le minait sourdement. Le médecin avait prévenu Florise qu'il y aurait du danger à laisser en liberté le malade et que, dans son intérêt même, il faudrait le transporter à Sainte-Anne, où il serait soigné et guéri. Il lui avait remis, à cet effet, un certificat.

— C'est le matin que l'accès s'est déclaré. Papa avait une figure de l'autre monde. Il hurlait qu'on voulait l'assassiner et il croyait apercevoir de grosses pierres qui lui tombaient sur la tête. Il avait des cauchemars tout éveillé. Maman tremblait et j'ai supplié le concierge de monter près d'elle. A la fin, il s'est endormi et quand il a été tranquille, j'ai pu sortir pour venir chez vous.

Au souvenir de ces émotions, Florise recommence à se désoler et ses yeux coulent comme deux fontaines.

— Allons, ma petite, de l'énergie! Conduisez votre père à l'hospice. Vous n'avez pas un instant à perdre.

— Mais il refusera de se laisser enlever.

— Voulez-vous que j'essaye de le décider?

— Oh! monsieur.

Elle proteste pour la forme. Au fond, elle est ravie d'accepter le secours que je lui offre.

— Partons vite!

En un tour de main, elle a mis son chapeau, enfilé sa veste, roulé son étui, son dé, son fil, ses ciseaux dans le sac de drap

...ET SES YEUX COULENT COMME DEUX FONTAINES.

mauve qu'elle a taillé elle-même sur un modèle des « grands magasins ».

— Je suis prête!

Et me voilà grimpant la rampe de la Butte à côté de Mlle Florise.

Sur le boulevard Rochechouart, je hèle un fiacre à galerie et j'obtiens du cocher, non sans peine et en lui donnant des arrhes, qu'il se rende par la rue Caulaincourt, à l'angle de la rue du Mont-Cenis et de la rue Becquerel, et nous y attende patiemment. Nous continuons notre route, coupant au plus court, gravissant le raidillon de la rue Lepic, contournant le Sacré-Cœur, redescendant de l'autre côté, par la rue des Saules, qui évoque, avec ses murs décrépits et ses jardins, la physionomie des villes de province, engourdies à l'ombre des cathédrales...

Rue Chasseloup... C'est ici...

La maison est nouvellement bâtie; elle serait presque coquette, n'était son aspect de saleté. Le propriétaire ne se ruine pas en frais d'entretien pour un immeuble d'un aussi mince rapport. L'escalier est tapissé d'une toile *modern style* (!) qui pend en lambeaux et est souillée jusqu'à hauteur d'appui de taches de graisse et de charbon. De pénibles relents de friture empuantissent l'atmosphère; les degrés de chêne n'ont jamais été frottés.

Au quatrième, porte à gauche, Florise s'arrête, essoufflée, et cogne avec le manche de son parapluie. Un bruit de savates traînant sur le plancher. L'huis s'entr'ouvre. Une grosse femme en camisole s'efface devant nous. C'est la mère. Je ne discerne pas ses traits dans les ténèbres de l'antichambre. Et d'ailleurs, des linges qui sèchent, étendus sur des cordes, me battent le visage et m'empêchent de rien distinguer.

— Comment va-t-il? demanda Florise.

— Ça ne va pas!

Florise l'a prise à part et lui explique à l'oreille les motifs de ma présence. Maman Bonheur nous introduit dans une salle à manger, qui est la pièce principale de l'appartement. Elle est large comme la main, éclairée d'une mélancolique et pâle lumière qui vient de la cour. Mais il y règne une propreté que je remarque d'abord et qui m'étonne agréablement.

La suspension au pétrole, la table ronde couverte de sa toile cirée, usée aux angles, mais bien vernie, le buffet chargé d'assiettes, de vases en verre filé, de tasses blanches à filet d'or, gagnés à la foire de Neuilly ou de Saint-Cloud; des statuettes en faux biscuit représentant une bergère et un berger Pompadour. Aux murs, des suppléments en couleurs de journaux populaires, une lithographie-réclame où l'on voit une dame blonde, trop jolie, qui grignote une tablette de chocolat, du bout de ses dents trop blanches; contre la fenêtre, la machine à coudre, qui se repose en attendant le retour de l'ouvrière; tous ces objets révèlent un certain goût d'art et comme un naïf désir d'élégance.

Dans l'angle, enfin, un canapé fatigué, drapé d'un reps lie-de-vin, meuble naguère cossu et bourgeois, déchu de ses splendeurs. Une forme humaine y est gisante. Florise s'en est approchée. Et je l'entends qui parle à son père. Elle lui annonce qu'un docteur très savant vient lui faire une visite. Le docteur, c'est moi.

Papa Bonheur s'est levé et balbutie des mots vagues. Ses joues sont blêmes; son regard luit d'un éclat fiévreux; l'expression en est fixe et lointaine. Evidemment, le malheureux n'a qu'une consciense imparfaite de ce qui se passe autour de lui. Je lui ai saisi le poignet qu'il m'abandonne sans résistance et qui demeure inerte entre mes doigts.

— Eh bien, monsieur Bonheur, vous êtes indisposé! Où souffrez-vous?

Il ne répond pas. Il tâche de rassembler ses idées. Il me montre sa poitrine et bégaie d'une voix pâteuse :

— Là! là!

— Oui, l'estomac est endommagé. Ça s'arrangera. Il est indispensable que je vous examine sérieusement. Je vais vous emmener dans mon cabinet.

Florise est allée quérir son pardessus, sa casquette. Elle craint que la crise du matin ne recommence. Mais la prostration du pauvre diable est complète. Il se laisse diriger comme un enfant. Nous le soutenons pendant qu'il descend les quatre étages. La mère Bonheur nous précède; ses cheveux gris en désordre flottent au vent; ses lourdes hanches ballottent sous sa jupe d'indienne. Elle nous accompagne jusqu'au sapin, où son mari se hisse péniblement et s'effondre. Nous y grimpons après lui. Elle referme la portière et dit à Florise, avec une sorte d'aigreur haineuse :

— Tu sais que tu as douze corsages à finir pour demain! L' « entrepreneuse » attend!

Et comme je me penche pour donner des ordres au cocher, je m'aperçois que la mégère nous observe d'un air sournois. Sa bouche est dure et mauvaise. Elle se demande

Florise l'a prise a part et lui explique.

quel rôle je joue en cette occurrence; et mon dévouement lui est suspect.

— A quoi pense votre mère de vous parler de vos coutures dans un pareil moment?

Florise hausse les épaules.

— Elle a peur que Pauline n'ait pas à manger. Pauline est sa « chouchoute ».

Cette réflexion lui échappe naturellement. Je n'y sens point d'amertume. Et même, j'y démêle comme une intention moqueuse. Florise trouve tout simple que maman Bonheur préfère sa cadette à son aînée. Et elle ajoute:

La voiture roule sur le gravier d'une allée.

— Faut bien, n'est-ce pas, que la besogne se fasse!

Phrase étonnante, en sa logique, et qui renferme une admirable leçon de philosophie.

Oh! la traversée de Paris, dans un fiacre vermoulu, en compagnie d'un moribond que l'on achemine vers Sainte-Anne!

A l'angle de la place et de l'avenue de l'Opéra, un encombrement de voitures nous arrête. Des coupés, des landaus, attelés de chevaux fringants, défilent, au fond desquels de belles dames indolentes sont blotties. Je réfléchis que l'argent gaspillé pendant un mois pour l'entretien de ces équipages, suffirait à nourrir la famille de Florise. Et je me sens devenir socialiste!

Mais elle est trop inquiète, trop bouleversée pour s'aviser de ces choses. Elle épie les mouvements de son père. Elle tend l'oreille à ses propos incohérents, et ne se calme que lorsqu'il retombe en sa torpeur. Nous contournons le Palais-Royal, nous longeons la rue de Rivoli, les quais, le pont Neuf, la rue Dauphine. Nous traversons le boulevard Saint-Germain. Voici les solitudes de la rue de l'Odéon, de l'avenue de l'Observatoire.

— Croyez-vous, s'écrie brusquement Florise, que c'est comique de s'appeler « Bonheur », quand on a tant de déveine?

Et, avec cet accent de blague douloureuse qu'ont les gamins de Paris, qui épanchent leurs misères, elle me retrace toutes celles qu'elle subit chaque jour et que ce soir elle retrouvera au logis.

Le travail est pénible, mal rémunéré. Si encore on avait affaire aux patrons! Mais ce sont des « entrepreneuses » qui vous apportent l'ouvrage et qui confisquent à leur profit le tiers ou la moitié du salaire. Elles vous proposent treize sous pour une camisole ou un jupon. C'est à prendre ou à laisser. « Vous n'en voulez pas? A votre aise! D'autres seront moins difficiles! » Et l'on accepte, pour ne pas mourir de faim. On ne peut pas lutter contre la concurrence. Il y a trop d'ouvrières sur le pavé. Elles ont beau se rebiffer, ce sont les entrepreneuses qui ont raison. Damnées entrepreneuses! Florise les déteste. Elle ne leur mâche pas ce qu'elle a sur le cœur et leur « enlève le ballon » gaillardement. Mais quoi! les coquines sont plus fortes...

— Papa! papa! Qu'est-ce que tu dis?... Monsieur, c'est son mal qui le reprend!

L'alcoolique s'est redressé, en ricanant; et de ses lèvres descellées sortent des menaces inintelligibles. Il esquisse un geste violent, puis son bras pend, inerte, épuisé par cet effort. Et, de nouveau, il s'assoupit. Florise a la gorge sèche; la sueur perle sur son front. Elle abaisse les glaces et expose à la brise son visage brûlant. Le ciel est gris et mou; il bruine; une pesante humidité monte du sol.

— Ce qui nous tue encore, ce sont ces hivers qui n'en sont pas. Les marchandises restent en magasin; le public ne se presse pas d'acheter. Il attend les premiers froids... Et pendant ce temps, nous croquons le marmot.

Mlle Florise poursuivait éternellement ses doléances. Mais notre haridelle a abandonné le trot, pour une allure moins tumultueuse. Nous atteignons le but de l'affreux voyage. Une immense muraille, un mur de prison se dresse devant nous. J'exhibe au concierge de l'asile le papier du médecin. Le portail massif tourne sur ses gonds. La voiture roule sur le gravier d'une allée, puis cesse de marcher. Nous sommes à Sainte-Anne.

Le père Bonheur, que ne berce plus la trépidation du véhicule, se ranime. Il se débat. Mais les infirmiers surgissent et l'introduisent doucement dans la salle d'admission, où cinq ou six patients sont assis déjà. Florise, à cette vue, ne peut se maîtriser. Ses nerfs sont effroyablement tendus, elle frappe du pied, ses yeux se révulsent, elle sanglote.

— Voyons, soyez raisonnable. On ne lui veut que du bien, à votre papa! Je vais le recommander à l'interne de service. Demeurez-là un instant.

ELLE M'A DIT ADIEU ET S'EST ÉCHAPPÉE LÉGÈRE.

Elle s'est écroulée sur un banc, la tête dans ses mains, la face noyée.

Sainte-Anne... Séjour d'horreur, enfer où l'homme sain d'esprit ne pénètre qu'en tremblant. Je ne le connaissais que par les livres et ne me doutais pas que j'en franchirais le seuil en d'aussi étranges circonstances. Au reste, la folie m'inspire un invincible effroi. Et j'avais hâte de fuir ces lieux terribles. Mais le docteur Joffroy et son chef de clinique, M. de Fursac, m'y retinrent. Ils me promirent d'assister mon protégé et m'offrirent obligeamment de visiter les salles où il serait recueilli.

Quelle promenade! J'en garderai toujours le souvenir. En traçant ces lignes, j'aperçois des centaines d'yeux qui me guettent, me surveillent, me contemplent, me foudroient, m'implorent. Yeux furibonds, yeux suppliants, yeux funèbres, yeux tendres, et — les plus navrants de tous — yeux hilares!

Les yeux des fous, poème incompréhensible, tragédie vivante! M. de Fursac m'a conduit vers un personnage avenant, à la mine fleurie, à la barbe monacale, au port majestueux :

— Je vous présente, m'a-t-il dit, à M. Godin, qui doit prochainement succéder au Saint-Père.

Et gravement, M. Godin m'a confié son secret. Dieu lui a révélé qu'il monterait sur le trône de Pierre, à la mort de Léon XIII. Et il m'a résumé, dans ses grandes lignes, l'histoire de la papauté, n'oubliant ni un nom, ni une date, usant de termes choisis, s'exprimant avec une onction discrète, éloquent et disert. Et quand je l'ai quitté, il m'a donné sa bénédiction, me dominant de son geste auguste et m'impressionnant par sa dignité sereine...

Soudain, de stridents éclats retentissent. Voici qu'un petit homme m'aborde; il est tout rond, jovial, familier, il me tutoie, comme un vieil ami :

— Mon cher Richelieu, je présiderai demain le conseil à neuf heures précises. Sois exact.

— Qui donc êtes-vous, sire?

— Qui je suis, grand benêt? Je suis le tsar, le tsar Nicolas... Ah! ah! ah!...

Un voisin se mêle à notre conversation.

— Tu es le tsar. Moi je suis Rothschild... Parfaitement! Rothschild!

Et comme je reste muet, il s'emporte, ses narines se gonflent; ses mâchoires se serrent:

— Oui, Rothschild! Oui, Rothschild! Tu ne me crois pas, voleur! assassin! Çà! qu'on m'apporte mes bottes à l'écuyère!

Les gardes recouchent ce forcené. Et, des autres lits, s'élève un chœur de plaintes troublantes :

— Monsieur, je veux sortir! Je veux m'en aller! Docteur! docteur!

Le docteur est loin. Il m'entraîne. Et maintenant, ce sont les femmes qui nous entourent, pour la plupart atroces, horribles monstres, lamentables, en qui la seule matière survit, l'étincelle divine s'étant éteinte.

Elles s'esclaffent idiotement, ou bien s'immobilisent dans un songe intérieur. Pourtant deux aimables vieilles m'accostent avec des révérences. L'une d'elles tire de sa poche la photographie d'un officier de chasseurs.

— C'est mon fils.

Et elle l'embrasse avec amour. La seconde l'interrompt :

— Hélas! Je n'ai plus de fils! Je n'ai plus d'époux! Je suis sans défenseur. Et c'est pourquoi ils m'ont enfermée!...

Ces paroles trahissent une rare distinction. Elle fait rouler les *r*. Elle a de la diction, de la méthode. L'honorable douairière est une ancienne actrice, morphinomane... Et, lorsque nous nous retirons, ces larves se précipitent... La porte se referme. Un hurlement, formé de cinquante voix, se prolonge.

. . . .

— Alors, monsieur le professeur, vos aliénés sont, pour la plupart, des victimes de l'alcool?

M. Joffroy m'a répété ce qu'il ne cesse de répandre, dans ses conférences et ses écrits. C'est que le fléau nous ronge, nous dévore; que la France est perdue si on ne parvient pas à l'enrayer en luttant contre lui par une incessante propagande; que la consommation de l'alcool et l'accroissement de la folie suivent une progression parallèle; que tous les alcools sont nuisibles, la fine champagne, au même degré que le tord-boyaux; et qu'enfin beaucoup de gens s'empoisonnent, sans le savoir, par une lente intoxication :

— L'homme que vous nous amenez aujourd'hui, ajoute-t-il, en est un exemple. Peut-être ne s'est-il jamais soûlé. Mais, soir et matin, il buvait l'apéritif; il vidait trois petits verres dans son café. Dix ans de ce

Des filles de service se bousculent, affolées, autour d'immenses tables.

régime ont suffi pour l'abattre. Nous le renverrons guéri. S'il est sage, il se sauvera... Le sera-t-il? C'est douteux.

Florise Bonheur faisait les cent pas dans la cour. Dès quelle me vit sortir, elle accourut et m'interrogea anxieusement, sans prononcer un mot. Son regard parlait pour elle.

— Il s'en tirera... Mais plus de gloria, plus de trois-six, plus d'absinthe.

Elle eut un cri de joie.

— Vrai? dit-elle... *Alors, il y a du bon!*

Une minute avant, elle pleurait. Et maintenant elle rit. Pour un peu, elle sauterait, elle danserait, en ce lieu de souffrance et d'agonie. Bizarre créature, chez qui toutes les expansions sont immodérées.

— Calmez-vous, mademoiselle Florise, calmez-vous!

Elle m'a dit adieu et s'est échappée, légère, rassérénée par cette lueur d'espoir bien fragile. Elle a du rose aux joues. Son sang circule plus vif. Et tantôt elle chantera, en tirant l'aiguille, la dernière romance de M. Boukay!

Oh! ces petites ouvrières parisiennes! Un rien les retourne. Elles ressemblent aux giboulées de mars : du soleil et du grésil!

II

Le Banquet

Je suis allé, l'autre jour, prendre des nouvelles du vieux Bonheur. Et comme je quittais l'asile après avoir longuement conféré avec le docteur Joffroy, j'aperçus la petite Florise qui trottinait, se hâtant vers la sortie. Je la rattrapai et je lui dis :

— Eh bien, mademoiselle Florise, votre père est plus calme. Il y a bon espoir.

— Ah! monsieur! S'il pouvait guérir tout à fait!

Florise poussa un gros soupir et je vis que ses joues étaient pâles et ses yeux tristes. Sans doute la misère ou bien le surmenage lui donnait ce teint plombé. Avait-elle trop d'ouvrage, ou n'en avait-elle pas assez? Elle n'était pas seule. Un jeune homme l'accompagnait. Et déjà quelques soupçons se formaient dans mon esprit. Mais elle les dissipa :

— Mon frère Emile.

Je tends cordialement la main à Emile qui accueille sans excès d'effusion ma politesse. Je discerne en lui comme une réserve un peu défiante. Alors, je l'interroge. Je lui demande son âge, sa situation, à quoi il s'occupe, et ses projets d'avenir. Et peu à peu, sous l'influence de mes paroles, qu'il devine affectueuses, ses préventions tombent. Il s'adoucit et devient plus confiant. Il va bientôt avoir dix-sept ans et travaille dans un atelier de menuiserie de la rue du Temple, où il gagne pour le moment ses 20 francs par semaine. Ce n'est pas lourd. Que voulez-vous? La maladie, l'école et peut-être aussi un grain de fainéantise ont retardé son apprentissage. Florise, qui n'est jamais à court de confidences et qui adore jaser, s'en donne à cœur joie. Elle me narre par le menu, avec un flux de paroles extraordinaire, l'enfance de *son* Emile.

— Il « était né pour être savant », vous savez, monsieur. Quand il ouvrait un livre, on ne pouvait pas l'en arracher. C'est très joli; mais pour devenir un bon ouvrier, il ne faut pas avoir la tête ailleurs. Regardez-moi ce morveux. Ça sort de nourrice et ça prétend bouleverser le monde! Ça fait de la politique!

Elle rit aux éclats. Sa gaieté est revenue. Je dois avouer que M. Emile semble s'y associer médiocrement. Il s'est renfrogné; et, si ma présence ne le gênait, la pauvre Florise subirait un sérieux « abatage ». Il se contente de marmonner entre ses dents :

— Retourne à tes camisoles et fiche-moi la paix.

Mais elle rit de plus belle et son humeur taquine s'amuse de l'air vexé du frérot :

— Savez-vous où il va ce soir? Ecouter des discours jusqu'à minuit, avec son ami Gustave, un autre toqué...

Emile Bonheur haussa les épaules, et, cessant de s'adresser à sa sœur, il m'expliqua qu'on inaugurait tout à l'heure à Grenelle, rue de l'Eglise, un restaurant coopératif sous la présidence des citoyens Anatole France et Jean Jaurès et qu'il avait promis à Gustave Tellier, un de ses anciens copains, d'assister à ce banquet.

— C'est un repas par cotisations?

— Oui, le dîner coûte trois francs.

— Et le premier venu y peut pénétrer?

— Certainement.

— Je m'y rends avec vous.

Qui fut étonnée? Ce fut Florise... Elle resta une minute interdite. Et je compris qu'elle pensait :

— Alors, si vous aussi, vous vous mêlez de ces choses?

Elle prit congé et disparut dans la direction du tramway de Montrouge. Et je m'acheminai paisiblement vers le quartier de Grenelle, en compagnie d'Emile Bonheur.

Tout en marchant, j'examinais à la dérobée mon camarade. Et d'abord je cherchais à reconnaître si les vices de son père avaient déposé sur lui quelque tare. Je n'en remarquai point. Il était robuste, bien ramassé dans sa courte taille; il avait la peau fine et vivement colorée; un flot de sang y montait, dès qu'il faisait un effort pour exprimer une idée générale ou citer un passage de ses auteurs favoris. Car il apportait un peu de coquetterie à me montrer sa science. Il invoquait Karl Marx, Fourier, Proudhon, les classiques du parti, et ne me cachait pas que les discours de Jean Jaurès l'emplissaient d'enthousiasme. Ceux d'Anatole France l'ébranlaient plus faiblement; il n'avait pas assez de culture pour en respirer la grâce. Tandis que Jaurès! Quel organe! Quel accent! Quelle chaleur dévorante!

Pendant que le jeune Emile m'exprime son admiration, une flamme maladive luit en ses prunelles. Son front se contracte, ses lèvres se pincent, le pli de son menton accuse une volonté tenace. Il y a de la fièvre chez ce gamin de Paris, sa physionomie est empreinte d'une gravité précoce et j'y cherche en vain ce rayonnement de bonne humeur qui rend si comique, par instant, et si charmante sa sœur Florise. Non, ce néophyte est sérieux comme un pape; il m'explique le mécanisme des coopératives de consommation et de production et s'embrouille dans des théories encore mal digérées. La coopérative de Grenelle est une coopérative de consommation, affiliée à une université populaire. Il s'en créera de semblables dans tous les arrondissements et les quartiers de Paris. Et chacune de ces fondations, m'assure-t-il, est une étape vers la société future...

Nous approchons... les maisons se font étroites et basses : des maisons de faubourg... La rue de l'Eglise, sur une moitié de son parcours est bordée de terrains vagues. Une construction, fraîchement badigeonnée, s'y élève; sur la façade un mot se détache, en lettres énormes : l'*Emancipation*. Et, tout à côté, s'ouvre une boutique aux vitres flambantes. Ici, l'on sert au peuple le pain du corps; là-bas, le pain de l'intelligence. Là-bas, c'est l'école; ici, c'est le restaurant. L'école est close; mais dans le restaurant règne une prodigieuse activité. Des volailles rôtissent, des casseroles mijotent sur les fourneaux; des filles de service se bousculent, affolées, autour d'immenses tables qu'elles achèvent de dresser. Au fond, dominant les places d'honneur, pend le drapeau rouge. A gauche, un homme en bras de chemise, derrière le comptoir de zinc, délivre les tickets pour le dîner. Je lui prends deux cartons verts, que je m'apprête à payer, mais Emile Bonheur a déjà allongé ses trois pièces de vingt sous, et, malgré mes instances, il refuse de les remettre dans son gousset.

— Vous allez vous asseoir auprès des « grosses légumes », me dit-il avec une nuance d'ironie?

— Jamais de la vie! Je ne vous quitte pas.

— Alors, marquons nos chaises, en attendant Gustave Tellier.

Nous sommes en avance. Il n'est que six heures un quart. Et le banquet est annoncé pour sept heures. J'offre un verre de vermouth à Emile Bonheur, qui, cette fois, daigne l'accepter. Et j'observe le lieu où nous nous trouvons et les personnages qui y circulent.

La salle est vaste, un peu basse de plafond. Aux murs sont accrochés des dessins, des caricatures, des estampes décoratives de Henri Rivière, des affiches qui portent, inscrit à la main, le programme des dernières conférences : la *Pose des câbles transatlantiques*, par M. Casevitz; *Delescluze*, par M. Ch. Prolès; la *Musique*, par M. A. de Solenière; la *Nouvelle-Zélande*, par M. André Siegfried, etc... Cependant, l'huis s'entre-bâille et livre passage aux convives. Et des shake-hands s'échangent, des exclama-

Un bout d'homme. pas plus haut que ça...

tions retentissent. Ces gens se connaissent; ils habitent le même quartier. Ils sont en famille. Un garçon leur distribue des fleurs écarlates qu'ils piquent à leurs boutonnières.

— Citoyen, donnez ce qu'il vous plaira. C'est pour la propagande.

Et les décimes pleuvent dans la paume du vendeur. Emile Bonheur surveille les nouveaux venus. Il guette son ami Gustave. Je voudrais bien savoir quel est ce Gustave, qui semble lui inspirer une si tendre affection.

— Vous le verrez. C'est un type épatant.

— Quel est son métier?

— Il est chauffeur!

— Chauffeur?

— Oui, chauffeur d'automobiles. Le pauvre diable a été brûlé, l'autre mois.

Mais un « pil houit » sonore interrompt son récit. C'est Gustave qui s'annonce! Et nous apercevons un bout d'homme, pas plus haut que ça, ribolant, rigolant, la bouche fendue en compas, de petits yeux en vrille pleins de malice. Il ne nous laisse pas le temps de filer un son.

— Mes enfants, à table. Il fait faim, pas vrai? Allons, ouste! Tas de flemmards!

Il nous entraîne jusqu'à nos chaises. Et l'on s'installe. Et Gustave continue, infatigable, blaguant ce cher Emile et lui tapant sur le ventre.

— Je parie que tu ne sais pas ce qu'ils vont nous servir à boulotter?

Muette interrogation d'Emile.

— Eh bien, moi, je le sais!

Et il compte sur ses doigts :

— Vermicelle, radis, beurre, bœuf mamère, poularde cresson... Des poulardes à deux francs la paire, sans les abattis!... Petits pois émancipés, biscuits socialistes, vin coopératif, pain coopératif à discrétion. Voilà l'menu!

Les voisins suivent, avec intérêt, l'énumération. Leur flot commence à nous submerger. On s'écrase, on se tasse, on s'envoie des saluts :

— Bonjour, mon vieux.

— A la tienne!

— Ça va toujours?

Maintenant nous sommes au complet. Et j'ai juste l'espace nécessaire pour mouvoir mes coudes. Une brave mère de famille me fait vis-à-vis, entourée de ses deux gosses, bambins de dix à douze ans. Près d'elle est assis une manière de colosse, torse herculéen, épaules de lutteur, col de taureau. Il a le parler gras et paraît fier de son adresse et de sa vigueur physique. Son vocabulaire est pittoresque. Il avise un litre d'eau, solitaire, posé parmi les litres de vin. Il s'en empare, le lance dans l'espace, le rattrape au vol et s'écrie :

— Remisez la « flotte »! N'en faut pas!

Je proteste aussitôt :

— Eh! dites donc! citoyen. C'est que j'en use moi, de la « flotte » : N'en dégoûtez pas les autres!

Il plante le litre contre mon assiette, et sur un ton de bonhomie narquoise :

— Comment ! vous buvez de ce jus-là !

Toute la tablée se tord. Elle se « paie ma tête » évidemment. Mais je n'en suis pas offensé. Gustave se penche à mon oreille :

— Il s'appelle Papin. Ne faites pas attention. Il n'est pas méchant.

Non, certes, Papin n'est pas méchant. Je lui verse une rasade de « petit bleu » ; je m'en verse une de la « flotte ». Et nous choquons nos verres, de bon cœur.

Léger brouhaha... Vivats !... Applaudissements !... M. Jean Jaurès, M. Anatole France opèrent leur entrée. M. Jaurès est vêtu de la jaquette démocratique. M. Anatole France, qui n'a pas dépouillé toute élégance académique et mondaine, porte une impeccable redingote, dont le revers arbore, au lieu de la rosette, la pourpre socialiste. De jolies femmes escortent les deux présidents, rédactrices des journaux et déléguées des comités féministes. Et tout à coup, les quatre cents convives entonnent le refrain de l'*Internationale*, du chant sacré :

Debout ! les damnés de la terre,
Debout ! les forçats de la faim,
La raison tonne en son cratère,
C'est l'éruption de la fin.
Du passé faisons table rase,
Foule esclave, debout ! debout !
Le monde va changer de base,
Nous ne sommes rien : Soyons tout !
C'est la lutte finale.
Groupons-nous et demain
L'Internationale
Sera le genre humain.

Le cantique — car c'est un cantique — se déroule avec lenteur et expire, élargissant son rythme, dans une sorte d'explosion mystique. Une seconde de recueillement lui succède. Puis les conversations recommencent et l'enjouement renaît. On acclame le potage, on mande à grands cris le bœuf madère. Gustave Tellier ébauche des calembours. Et cet excellent Papin, qui a fait campagne à bord des navires de l'Etat, entreprend la relation de ses voyages. Mais brusquement il s'arrête. Il nous désigne un dîneur, assis à la table prochaine :

— Je ne me trompe pas...

Vingt voix lui répondent en même temps :

— Fouineau !

— Lui-même.

— Qu'est-ce qu'il vient fiche ici ?

— Ce n'est pas sa place.

Papin s'est levé.

— Je vais lui dire deux mots.

On cherche à le retenir. Il se dégage d'une énergique secousse et s'avance, redoutable et tranquille, vers l'infortuné Fouineau. Et Gustave, qui est décidément un guide très sûr, me glisse encore :

— Ce Fouineau est un patron, un mauvais patron, dur pour tout le monde.

Ce qui se passe entre Papin et Fouineau, nous ne pouvons que le conjecturer. Papin a la taille de l'Ogre ; Fouineau, celle du petit Poucet. La partie n'est pas égale. Leurs propos ne nous parviennent pas, mais, si nous en jugeons par les gestes qui les soulignent, ils manquent d'aménité. Enfin Papin nous rejoint ; sa mine indique que la victoire lui est demeurée :

— Eh bien ?

— Eh bien ! il va détaler !

— Crois-tu ?

— S'il n'est pas parti avant cinq minutes, j'y retourne. Et je lui fais son affaire !

Les poings de Papin se gonflent. Mais le malheureux Fouineau n'attend pas qu'ils s'abattent sur ses côtes ; il abandonne son morceau de poularde, jette sa serviette et s'esquive en rasant les murs, poursuivi par les quolibets du nommé Papin, qui, décidément, est assez peu charitable.

— Pas crâne, votre Fouineau !

Papin esquisse une moue d'insolent mépris :

— Lui ? Il met ses ouvriers à pied. Et il tremble quand ils le regardent en face !... Pourriture !

Et nous voilà partis sur cette piste. Les patrons « écopent » ferme. Chacun y va de son anecdote. Gustave glapit, se trémousse et entame quinze histoires à la fois.

— Je n'ai pas à me plaindre, déclare-t-il ; je suis tombé sur le phénix des patrons... Nous sommes brouillés... Mais tout de même, c'était un patron très chic... Imaginez-vous !..

Je voudrais reproduire cette étonnante

narration. Il y a des êtres que la nature a doués, comme conteurs, du génie d'Alexandre Dumas père. Gustave Tellier m'a énuméré les péripéties de sa promenade à travers la France. Il conduisait, en automobile, son patron et sa patronne. Et ce qui l'a flatté c'est qu'ils le traitaient avec égards, ne l'obligeant pas à nettoyer la voiture, le logeant à l'hôtel, l'invitant à leurs agapes.

— Citoyen, j'ai vu la note! Ils payaient pour moi, comme pour eux, 17 francs par jour au Havre, à l'hôtel Frascati.

Une observation me monte aux lèvres :

— Mais, ô Gustave, songiez-vous, lorsque vous dépensiez vos 17 francs par jour, que de pauvres bougres crevaient de faim et de soif à votre porte? Et ne vous rendiez-vous pas complice de l'égoïsme capitaliste?

Telles sont les réflexions que je soumettrais à cet aimable Gustave, si nous déjeunions en tête à tête. Mais l'endroit est mal choisi. Et la brutale élimination du sieur Fouineau me rend circonspect. Il me serait douloureux d'être expulsé avant les toasts. J'abandonne Gustave à sa verve. Il me retrace l'atroce accident dont il a été victime. Un bidon de pétrole en feu s'est renversé sur ses vêtements. Il a fallu le ramener à Paris, dans un wagon-salon, et le garder couché pendant cinquante-deux jours. Au moins, on a été gentil pour lui. Ce digne Papin venait faire sa manille, le dimanche, contre le lit... Brave Papin!

Gustave Tellier est tout remué par ce souvenir. Et par-dessus les petits pois, les deux copains se serrent la dextre...

Mais Gustave constate aussi que son patron lui apportait du champagne et des cigares. C'est même en sablant le champagne et en fumant ces cigares, qu'on s'est trouvé, un beau jour, en désaccord et qu'on s'est séparé à l'amiable.

— J'écoute les propos de Gustave Tellier et je considère son visage. Les meilleurs sentiments s'y épanouissent, la cordialité, la bonté native, la sincérité. Cet ouvrier est capable d'abnégation, d'héroïsme. A la guerre, il se ferait tuer gaiement. Il est le fils des soldats de Hoche et de Bonaparte. Avec cela, têtu comme une mule et vaniteux comme un paon! Singulier amalgame de ce qu'il y a de plus précieux et de plus vain dans notre race gauloise.

... Tintement des couteaux sur le cristal des verres. Les entretiens particuliers s'arrêtent comme par enchantement. L'heure appartient aux discours. M. Anatole France a extrait de sa poche une harangue qu'il lit, d'une voix claire. En des phrases limpides et qui évoquent, par la pureté des lignes, l'harmonie de la statuaire grecque, il annonce la fin des choses actuelles et l'avènement des choses futures; suavement, il prédit les ruines, les catastrophes, la chute et la restauration de la société. Et sur ces espérances, sur ces menaces, flotte l'impalpable caresse d'une prose, où se joue, — que M. Anatole France le veuille ou non, — l'énigmatique sourire de la Joconde.

L'onde profonde et claire du fjord s'est écoulée. Un formidable torrent la remplace. Jean Jaurès traduit à peu près les mêmes idées qu'Anatole France. Tous deux sont animés d'une foi semblable et poursuivent les mêmes desseins. Mais quel contraste dans leur langage! Les mots d'Anatole France désagrègent l'obstacle, le corrodent. Ceux de Jean Jaurès le soulèvent et l'emportent. L'un agit à la façon d'un acide, l'autre à la façon d'un bélier, qui frappe à coups furieux et retentissants. Alors que M. France distille, goutte à goutte, sa liqueur, M. Jaurès lâche les écluses de l'éloquence qu'il doit à la nature encore plus qu'à l'étude. Il s'élance à l'assaut, comme un moine prêcheur du temps des croisades. Il geint. Il souffle. La sueur ruisselle de son front. Et de sa face congestionnée s'envolent les images, les périodes cadencées et balancées, mouvantes comme les flots, agitées par le flux et le reflux de la mer.

« Citoyens, remercions Anatole France « d'être accouru parmi nous. Il incarne et « symbolise ce qu'il y a de plus délicat et « de plus noble dans l'esprit français. C'est « l'abeille de Platon qui est venue se poser « sur la fleur socialiste! »

Ah! si vous aviez entendu ce tonnerre, cette double clameur de : « Vive Jaurès! Vive France! » La chaleur est étouffante, l'atmosphère surchargée d'électricité hu-

Jean Jaurès traduit a peu près les mêmes idées.

maine. Gustave Tellier, grimpé sur sa chaise, se rompt les mains à force d'applaudir; Papin frappe la table en cadence et fait frémir les bouteilles. C'est sa façon d'approuver.

Mais leur enthousiasme n'atteint pas à l'extase d'Emile Bonheur. J'ai suivi sur sa figure le discours de Jean Jaurès. Elle en reflétait, avec une mobilité singulière, les mouvements, et jamais je n'ai mieux pénétré qu'en l'observant le pouvoir de l'éloquence. Emile n'écoutait pas les paroles de l'orateur, il les buvait; il était vraiment, et sans métaphore, suspendu à ses lèvres, s'attendrissant à la peinture idéale que Jaurès faisait du monde nouveau, frissonnant de colère quand le tribun vouait à l'exécration publique le césarisme et la réaction. J'ai senti qu'à cet instant le petit Emile serait monté sur les barricades et j'ai compris soudain l'état d'âme des gens qui, par dévouement pour la République, envoyaient en 1793 tant de Français à la guillotine... Ses yeux, inquiets et brûlants, s'immobilisent dans une fixité terrible. Dès que la puisante voix s'est tue, sa bouche contractée se desserre. Un hurlement en jaillit :

— Ban pour Jaurès!

Le ban résonne, scandé par huit cents rudes voix de prolétaires... Après quoi l'on réclame le café!

— Croyez-vous qu'il cause bien, ce Jaurès, dit naïvement Gustave.

A l'autre bout de la salle, des orateurs ont pris la parole. On distingue vaguement, dans la fumée du tabac, leur silhouette. Ce sont des ouvriers qui remercient les fondateurs du restaurant coopératif, ou qui enjoignent au citoyen France de défendre la bonne doctrine dans les journaux bourgeois. Leurs discours maladroits, confus, bégayants se perdent au milieu du bruit. Papin leur impose silence.

— Fermez ça!

Et Gustave Tellier ajoute judicieusement :

— Quand on ne sait pas parler, on ne parle pas.

Il n'est qu'un moyen de « couper le filet » aux amateurs : la musique! On demande sur l'air des lampions, l'*Internationale* et *Ni Dieu, ni maître*. Et les deux hymnes de haine et d'amour vibrent à l'unisson.

Le citoyen Jaurès, debout, fait sa partie dans le chœur, et le citoyen France, roulant entre ses doigts la rouge fleur d'immortelle, contemple, avec une sympathie et une curiosité indéfinissables, le pieux délire de cette foule, qui ne veut plus honorer Dieu, et qui chante dévotement les psaumes de la nouvelle église : l'Eglise socialiste...

— Rentrez-vous à Montmartre, ai-je dit à Emile Bonheur?

— Non, je reste!

Nous nous sommes séparés. Et j'ai regagné l'intérieur de Paris par les rues désertes, rêvant à ce que je venais de voir et d'entendre...

III

Mimi Pinson

L'autre soir, en rentrant chez moi, j'ai trouvé toute la famille Bonheur qui m'attendait pour me souhaiter la bonne année. Mme Bonheur, emmitouflée dans d'épais lainages, avait un aspect majestueux de douairière, et si ses mains, gercées par les savonnages, eussent été moins rouges, on l'eût prise, ma foi, pour une dame du haut commerce, pour une patronne du quartier des Halles ou du Marais. Florise était fort gaie, Emile, grave et rêveur, comme de coutume. Ils me présentèrent leur petite sœur Pauline, que je ne connaissais pas.

— Allons, Pauline, donne le bouquet.

L'enfant me tendit quelques fleurs enveloppées dans une magnifique feuille de papier. Je l'embrassai et lui demandai quel métier elle était en train d'apprendre. Elle répondit d'une voix claire, me regardant bien en face :

— Moi, m'sieu, j'suis modiste.

Florise se mit à rire.

— Modiste, vous comprenez, c'est une façon de parler. Elle ficelle les cartons, et fait les courses.

La jeune Pauline eut un mouvement de dépit et je l'entendis qui murmurait :

Et j'ai regagné l'intérieur de Paris par les rues désertes.

— Bien sûr que quand Mme Florentin me commande, faut que j'obéisse !

J'en conclus que Mlle Pauline Bonheur n'était pas satisfaite de son sort. J'examinai, tout en bavardant, sa physionomie, et je fus frappé de l'expression de ses yeux, où pétillait une malicieuse effronterie, des yeux bleus, largement ouverts, inquiétants, bizarres. Pauline n'est qu'une gamine ; elle n'a pas seize ans ; mais dans son corps grêle formé trop vite, dans ses bras maigres, dans ses jambes longues et fines, dans l'ondulante minceur de sa taille, fleurit comme une grâce maladive, un je ne sais quoi d'acide et de pervers qui amuse la curiosité des hommes. Vous verrez qu'un de ces jours Pauline se coiffera de bandeaux botticelliens. Montmartre comptera une esthète de plus et, sans doute, une ouvrière de moins, car l'esthétisme est incompatible avec le dur labeur de l'atelier.

— Mademoiselle Pauline, dis-je sévèrement, vous n'êtes pas sérieuse. Vous n'aimez pas le travail.

Elle protesta avec feu contre cette accusation. Et ce fut un flot de paroles, pittoresques, drôlettes, un peu folles ; vrai bagoût d'un trottin absolument dénué de timidité.

— Mais non, m'sieu, je n'boude pas à la besogne. Seulement Mme Florentin n'est pas raisonnable. Elle me traite comme sa bonne, elle m'envoie porter des paquets. Si ça continue, jamais je n'saurai faire un chapeau. Alors, vous comprenez, moi, ça m'assomme. Sans compter qu'elle n'est pas aimable, Mme Florentin. Elle se lève souvent du mauvais côté. Croiriez-vous qu'elle m'a agoni de sottises parce que j'avais demandé des places de théâtre à Charpentier.

— Charpentier ?

— Oui, le musicien, l'auteur de *Louise*.

A ce moment, Florise Bonheur crut devoir intervenir.

— Eh bien, ma petite, Mme Florentin a raison. Ça te tourne la cervelle, le théâtre... Elle ne pense plus à autre chose ; elle en rêve la nuit ; elle voudrait être actrice. Est-ce assez stupide ! Il n'y a déjà pas de pain à la maison. Si mademoiselle prend des leçons de chant, ce sera complet...

Tandis que l'honnête Florise exhale sa méchante humeur, je remarque que des signes s'échangent entre la mère Bonheur, Emile et Pauline. Ils se concertent ; ils ont sur la langue des paroles qui n'osent pas sortir. Enfin Emile se décide :

— Voilà !... Je n'vous en aurais parlé. Mais puisque Florise a attaché le grelot... Pauline a une jolie voix.

Florise, agacée, haussait les épaules. Emile poursuivait :

— Une très jolie voix... Mlle Clémence le lui a dit... Et Mlle Clémence s'y connaît.

— Qui ça, Mlle Clémence ?

A son tour, Pauline eut un geste de colère :

— Tu l'sais bien, Mlle Clémence est première chez Mme Florentin, et elle a joué l'opérette aux Bouffes, le rôle de Molda dans la *Timbale d'argent*. Elle doublait Paola Marié... Ainsi...

Le désaccord entre les deux sœurs s'envenime. Elles n'ont pas la même manière d'envisager l'avenir. La sagesse résignée de Florise s'effraie des bouillonnements où s'abandonne cette tête brûlée de Pauline. Tout à l'heure, dans la rue, on va se disputer. La cadette aura pour elle sa mère. Au fond, maman Bonheur partage les appréhensions de Florise, mais Pauline, dès qu'elle ouvre la bouche, la retourne comme un gant. Cette sacrée môme est si séduisante ! Quant à Emile, il hésite, tergiverse. En sa qualité de collectiviste, il est partisan de l'émancipation du genre humain, et ne serait pas fâché que l'apprentie secouât le joug de sa patronne, de cette affreuse Mme Florentin. Il tortille sa casquette entre ses doigts ; évidemment, il a une requête à me présenter. Je l'encourage.

— Donc, reprend-il, Pauline a des dispositions. Elle désirerait entrer à l'Opéra ou à l'Opéra-Comique dans les chœurs. C'est très difficile. Il faudrait que M. Charpentier s'intéresse à elle et consente à la pousser. Est-ce que vous ne pourriez pas lui en toucher un petit mot ?

Pauline, anxieuse, attend une réponse. Ses narines palpitent ; ses nerfs sont tendus ; une bouffée de sang colore ses joues pâles de gamine anémiée.

— Mon cher Emile, si ça vous fait tant de plaisir, moi, je veux bien. Il n'en coûte rien d'essayer. Dimanche prochain, je vous conduirai chez Gustave Charpentier. Et vous lui parlerez de votre sœur. Mais ne vous emballez pas. L'Opéra, diable ! c'est une grosse maison. On n'y pénètre pas comme au moulin.

Ça été un concert de remerciements émus. La mère m'a jeté des regards noyés. Pauline a sauté de joie. Et Florise — l'excellente fille — prompte à passer d'un sentiment à l'autre, girouette tournant à toutes les brises, s'est écriée comiquement :

— Ce qu'elle en fera, des embarras, lorsqu'elle sera devenue étoile !

Là-dessus, nous avons bu un verre de malaga à la santé de l'année nouvelle... Et la famille Bonheur s'est envolée.

Hier matin, j'ai gravi, avec Emile, les rampes de la Butte et nous avons atteint la rue Saint-Luc où M. Gustave Charpentier a son logis. Il n'y était point. La concierge ne nous a pas caché qu'il en devait avoir un autre quelque part :

— M. Gustave envoie chercher son courrier tous les jours, mais j'ignore absolument où on le lui porte. Vous savez, ces artistes, ça ne vit pas comme tout le monde... Allez voir au 80 du boulevard Ornano.

Nous nous dirigeons vers cette large voie, percée au flanc de Montmartre, et qui offre un aspect particulier. Elle est à la fois très riche et très pauvre, bordée d'immeubles aux belles façades et peuplée de petites gens, employés de commerce, artisans, commis, confectionneuses en chambre, rentiers modestes. Il y règne une activité fébrile. Les assommoirs regorgent de consommateurs. Autour des baraques, des charcuteries, des boucheries installées en plein air, les ménagères se pressent. Il y a des messieurs décorés, à la moustache cirée, des officiers en retraite qui font eux-mêmes leur marché, et des fillettes et des garçons de dix ans qui cheminent, la boîte au lait en main, le pain de quatre livres sous le bras. De loin en loin, des beuglants, des guinguettes, avec un programme calligraphié sur papier rose pour accrocher les passants :

Débuts de Mlle Rosa, des concerts de Paris. Prix : 45 centimes (consommation comprise) à toutes les places.

La vue de ces bouis-bouis suggère à Emile Bonheur une réflexion mélancolique :

— C'est peut-être là-dedans que finira Pauline, si elle ne réussit pas... Mais quoi, c'est son idée !

Et il me raconte que, dès l'âge le plus tendre, elle courait les roulottes de la foire, les cabarets où l'on chante. Tout l'argent qu'elle gagne passe à ces futilités. Elle se paie l'amphithéâtre à la Comédie-Française et la quatrième galerie à l'Opéra-Comique. Il ne comprend pas très bien quel plaisir elle peut goûter dans ces endroits où elle n'entend rien, où elle étouffe. Je lui objecte qu'il fait aussi chaud dans les réunions publiques que dans les salles de spectacle.

— Sans doute, réplique-t-il, mais du moins on y travaille au progrès de l'humanité. On y prépare le triomphe de la justice.

— Ce brave Emile Bonheur a la mémoire farcie de lieux communs recueillis dans les clubs et les journaux. Cependant, sur ses lèvres, ils prennent un accent d'ingénuité touchante. On le devine si sincère, si intimement convaincu de l'avènement des temps meilleurs ! Il y aspire avec une ardeur d'apôtre. Une flamme mystique luit dans ses prunelles, semblable à celle dont s'illuminait le visage des premiers chrétiens.

Et nous cherchons toujours le domicile de M. Gustave Charpentier. Du boulevard Ornano, on nous renvoie au boulevard Rochechouart. Nous faisons demi-tour. Nous descendons le boulevard Barbès où s'élève le somptueux palais de Crépin-Dufayel. La splendeur de ce monument est presque insolente. Il domine de ses verrières, de ses halls, de ses coupoles, l'humble population montmartroise. Il s'érige en forteresse au-dessus d'elle ; il l'écrase, il l'humilie. Tels les orgueilleux burgraves plantaient leurs donjons au sein des villages à l'époque maudite de la féodalité.

— Encore un exploiteur, dit Emile, en passant devant les superbes glaces de la devanture.

Sans doute, y a-t-il de l'exagération dans ces plaintes. Je suppose que M. Dufayel n'a pas l'âme aussi dure que Job d'Heppenheff. Mais, que voulez-vous, il est trop riche. Il a mis trop d'or, de marbre et d'onyx au seuil de son temple. Et les misérables qui le côtoient s'en trouvent blessés...

Enfin, nous y voici.

— M. Charpentier?...

— Au sixième, porte à gauche.

Nous escaladons allégrement les cent trente marches qui nous séparent du maestro. Il nous reçoit dans son étroite salle à manger, transformée en cabinet de travail. La pièce est lumineuse et gaie — à cette hauteur! Elle renferme un piano, une table de bois blanc, un cartonnier, un lit de camp, tout ce qu'il faut pour dormir, travailler, célébrer le divin office de l'art : c'est une cellule de cénobite. Et si nous n'avions pas surpris un froufrou de robe, quand le battant de la porte s'est entr'ouvert à notre coup de sonnette, nous pourrions nous croire transporté chez quelque moine d'un ordre inconnu.

Pourtant, l'auteur de *Louise* n'a rien d'un ascète. Sa figure respire la prospérité, la paix intérieure, l'équilibre; il a de longs cheveux rejetés en arrière, à la mode romantique; une cravate bouffante, en soie chiffonnée, un pantalon collant, une veste de velours. Ce musicien très moderne ressemble étrangement à un personnage de Henry Mürger. Et d'ailleurs il est charmant et nous accueille avec une extrême bonne grâce. Il réconforte Emile Bonheur qui s'embrouille dans des explications un peu confuses, il l'invite cordialement à lui amener Pauline, et ceci nous conduit à causer des ouvrières parisiennes.

Nul ne les a mieux étudiées, ne les possède plus parfaitement que l'auteur de cette *Louise* tant applaudie. Vous savez qu'il a pris l'initiative de fonder une sorte d'agence ou de syndicat qui leur procure le moyen d'aller au théâtre de temps à autre, sans bourse délier. C'est toute une histoire, une expérience qu'il est en train de réaliser et qui lui fournit de curieuses indications psychologiques. Il sert de trait d'union entre les diverses classes de la société, entre les sans-le-sou et les millionnaires. Par ses soins, Jenny l'ouvrière et la baronne de Nucingen se rapprochent. Jenny l'ouvrière voudrait se rendre à la comédie, Mme la baronne lui en fournit les moyens. Les voilà bonnes amies.

D'abord, M. Charpentier s'est adressé à ses confrères, aux auteurs dramatiques, aux directeurs; il a sollicité d'eux le don d'un certain nombre de billets; ils se sont résignés à ce sacrifice sans excès de répugnance ni d'enthousiasme, ravis de favoriser une œuvre généreuse, assez sceptiques quant au résultat... Puis les gens du monde sont arrivés à la rescousse : des centaines de lettres sont parvenues au compositeur. Et quelles lettres! Brûlantes de ferveur, ruisselantes de pitié. « Oui, nous devons aider nos sœurs! Plus d'égoïsme! La solidarité! La fraternité! » L'une des correspondantes, Mme Marix, a proposé que l'on baptisât l'association projetée du nom de *Mimi Pinson*; et quoique cette appellation fût vieillote, on l'a adoptée, à cause de sa saveur gentille et faubourienne. Qu'est-ce que Mimi Pinson? Une grisette! Or, ce sont les grisettes qu'il s'agit de divertir, c'est-à-dire les filles laborieuses qui, s'étant épuisées tout le jour à de pénibles tâches, ont bien droit, le soir venu, à une heure de jouissance intellectuelle.

— Tenez, lisez cette liste, poursuit M. Charpentier, toutes les opinions y sont confondues, toutes les rancunes, tous les ressentiments s'y apaisent. La duchesse d'Uzès y voisine avec Mme Reinach; Mme de Greffuhle avec la générale André; la comtesse Labadye avec Mme Millerand et Mme de Rothschild. Vous y rencontrez M. Jules Lemaître et M. Pierre Baudin. N'est-ce pas merveilleux, cette réconciliation opérée sur le terrain de l'Art et de la Bonté.

A cet instant, Emile, qui se tortille sur sa chaise, n'y tient plus; il est rouge comme braise. Il s'écrie du même ton dont il réclamait, l'autre soir, un « ban pour Jaurès » :

— Epatant!!!

Le musicien s'associe à cette explosion bruyante.

— Vous l'avez dit, c'est épatant! Je voudrais vous communiquer les lettres qui me parviennent de tous les coins de Paris.

Elles viennent presque tous les jours prendre de mes nouvelles.

Ces dossiers en sont bondés. Lettres de sollicitations, lettres d'offrandes.

— Je le sais pardieu bien, interrompit Emile, ma sœur vous a écrit.

— A-t-elle eu les places qu'elle demandait?

— Ma foi non!...

M. Charpentier nous explique alors les difficultés que soulève le fonctionnement de ce service. Il importe de répartir équitablement les billets aux ayants droit, de les confier aux chefs d'atelier, aux délégués des associations professionnelles qui dressent des listes, établissent des cartes d'identité et préviennent ainsi les fraudes et les tours de passe-passe qui ne manqueraient pas de s'introduire dans cette délicate organisation. Les demandes individuelles sont repoussées et c'est grand dommage.

— Vous n'imaginez pas combien nos petites ouvrières sont spirituelles... Et futées! et roublardes!... Le courrier d'aujourd'hui est là, sur ma table. Feuilletons-le ensemble?

Nous avons rompu le cachet des enveloppes. Quelques-unes étaient soignées, pomponnées, taillées dans d'épaisses feuilles de vélin. De suaves parfums s'en exhalaient. Elles contenaient des mandats-poste. Ces missives étaient toutes pareilles à des dames de la haute, élégantes, aristocratiques et, malgré leur condescendance, un peu dédaigneuses. Les autres n'avaient point une allure aussi distinguée, griffonnées sur des chiffons de papier mal assortis; couvertes d'écritures incohérentes et gauches ou trop appliquées selon que l'épistolière avait ou n'avait pas profité des consciencieuses leçons du maître d'école. Cependant, ces billets barbouillés à la hâte, entre deux courses, par des trottins trottinant, ou par des piqueuses romanesques, tendent au même but, qui est de se procurer *à l'œil* les délices du spectacle. Ils débutent par d'adroites flatteries à l'adresse du maestro : Votre « splendide ouvrage », votre « superbe opéra ». Elles souhaiteraient l'entendre, elles en meurent d'envie, mais pas le sou! Celle-ci s'avise d'un détour naïf :

« Monsieur, connaissant votre sympathie
« pour l'ouvrière, et sachant qu'à ce titre vous
« offrez des places pour la représentation de
« *Louise*, je viens, *étant porteur de ce nom*,
« vous prier, etc. »

Celle-là expose son désir avec un agréable simplicité :

« Nous sommes seules, deux petites ou-
« vrières en robe, et gagnant bien modeste-
« ment notre vie : aussi forcément nos dis-
« tractions sont rares. Nous voudrions appré-
« cier votre pièce et voir l'Opéra-Comique
« jusqu'à présent ignoré pour nous; il nous
« est très difficile de distraire de notre mi-
« nime salaire si petite somme que ce soit
« pour nos divertissements. »

Des cœurs de roche seraient attendris par ces requêtes ingénument formulées, et M. Gustave Charpentier a le cœur sensible. Joignez qu'un auteur n'est jamais indifférent aux hommages, de quelque endroit qu'ils montent vers lui... Attendez!... Voici des pages plus sémillantes. Mlle Marie C... accorde une approbation sans réserve, à l'iniative de ce *cher M. Gustave :*

« Toutes les ouvrières aiment le théâtre,
« et moi j'en suis folle. Je le préfère au bal,
« à n'importe quoi. Aussi ai-je préféré al-
« ler aux Français, à 2 fr., tout en haut, que
« d'aller à n'importe quel bal. Puis, mon-
« sieur, voyez-vous, on méprise quelquefois
« les ouvrières, en ne les croyant pas hon-
« nêtes. On a tort, en général : la vraie ou-
« vrière est très convenable. S'il s'en trouve
« une ou deux qui soient à soupçonner, elles
« sont toutes très bonnes, surtout quand il
« s'agit d'une chose grave. Etant tombée ma-
« lade à l'*attellier* (*sic*) pendant quelque
« temps, je ne pourrais exprimer toutes les
« marques d'affection qu'elles ont eues
« pour moi. Etant obligée de rester chez
« nous, elles viennent presque tous les
« jours l'une après l'autre prendre de mes
« nouvelles. »

Avec Mlle Germaine B..., nous nous haussons d'un cran dans l'échelle littéraire. Cette jeune demoiselle a des idées très originales.

Elle critique, elle loue, elle discute. Elle a dû obtenir naguère le premier prix de narration française. En commençant, elle constate que, pour se caser au paradis dans les théâtres subventionnés, il faut faire queue pendant une heure. Encore n'est-on pas assuré d'obtenir des places :

« Entre parenthèse, c'est très commode. « On n'a pas le temps de dîner ; c'est une économie qui diminue encore le prix du billet. C'est bien un peu fatigant, mais quand « on est resté debout trois quarts d'heure, « quand on a grimpé cinq étages, avec quelle « satisfaction on s'installe sur la banquette « plus ou moins dure, plutôt dure ! On a, « je vous assure, l'impression de s'asseoir « dans un excellent fauteuil. »

Et, maintenant, Mlle Germaine a conçu un dessein bien plus vaste qu'elle recommande à la sagacité du compositeur. Après que les ouvrières auront savouré *Louise* et d'autres fameux chefs-d'œuvre, il lui paraît indispensables qu elles en puissent deviser entre elles, et elle propose de fonder un « cercle » — oui, un cercle ! — où elles auront la liberté de se réunir en sortant de l'atelier :

« Un modeste appartement suffirait, deux « ou trois pièces meublées gaiement et co- « quettement (avec du goût on peut faire cela « à peu de frais) ; elles y trouveraient les li- « vres nouveaux ; l'auteur de l'ouvrage ou son « éditeur ne refuserait pas un exemplaire. « Elles auraient également un piano ; et « celles qui sont musiciennes — il y en a, et « de bonnes même, parmi nous — non seu- « lement seraient heureuses de jouer, mais « encore auraient du plaisir à divertir leurs « compagnes. Et puis celles qui savent dan- « ser, apprendraient à celles qui ne savent « pas. C'est si amusant un tour de valse ! Et « puis celles qui chantent pourraient chan- « ter. Et puis..., et puis... ce serait exquis !...

« Ah ! j'oubliais ! Tout comme dans les « grands cercles, on ne serait admise dans « la société de mon rêve que par présenta- « tions, pour cette bonne raison qu'on est « gêné, qu'on s'ennuie et qu'on ne revient « pas dans une réunion où l'on ne connaît « personne. Cela nous coûterait à chacune « une faible redevance, et ça aurait l'avan- « tage de nous faire apprécier les unes des « autres. Ainsi, moi, je suis modiste. Eh « bien ! les modistes regardent de travers, « passez-moi l'expression, les couturières, « pour ce motif que la plupart d'entre elles « sortent sans gants, et avec des fils sur leurs « robes. C'est ridicule, mais c'est comme « ça !... »

Décidément, Mlle Germaine pense à tout. Elle est très intelligente. Et si jamais son cercle est institué, elle le présidera d'une façon magistrale... Le sera-t-il ? Mon Dieu ! il ne faut jurer de rien !... Il n'est pas de miracle que M. Charpentier n'accomplisse, surtout avec le concours d'une demi-douzaine de duchesses.

Il s'est approché de sa fenêtre, il contemple ce Paris, qui grouille là-bas très loin, et qu'il aime d'une âme fraternelle, et dont il sent, et dont il a su rendre, avec tant de force, la poésie.

— Vous aviez raison, dit-il à Emile Bonheur, qui boit avidement ses paroles, elles sont « épatantes » nos gamines !

Emile lui saisit les mains et les lui broie dans une étreinte, où il met sa gratitude, sa foi d'apôtre, son admiration passionnée.

— Relevons le peuple, répète le jeune maître, enseignons-lui la beauté, complétons son éducation esthétique.

Là-dessus nous avons redescendu les cent marches de M. Gustave Charpentier.

En revenant, j'ai voulu contourner les jardins du Sacré-Cœur ; c'est un lieu qui me séduit par son aspect tranquille et provincial. Comme nous débouchions à l'angle de la rue Sèveste et de la place Saint-Pierre, nous vîmes qu'un rassemblement s'y était formé. Un camelot fredonnait... Sa femme, aveugle, l'accompagnait sur la mandoline, autour du groupe, une vingtaine de personnes étaient arrêtées. C'étaient des gens du peuple, ménagères revenant du marché, leur panier gonflé de provisions ; petits boutiquiers du voisinage ; un mitron — le mitron classique — un garçon ébéniste, coiffé d'un fauteuil, fraîchement verni, et qu'il rapportait chez le client (une commande pressée) ; enfin, des passants quelconques : un bonhomme à lunettes, tenant son journal déployé à l'endroit du feuilleton et deux « bobonnes » à la frimousse éveillée, qui se poussaient le coude riant.

— Ecoutez, geignait l'aveugle, écoutez *Sans famille*, romance réaliste... Les paroles sont sentimentales et très bien faites.

Le camelot entonna le premier couplet :

J'sais pas c'que c'est qu'un père, un'mère,
Etant orphelin d'puis longtemps ;
Je n'connais que maman Misère,
Qui me flagelle tout le temps ;
Hélas ! c'est bien triste, tout d'même,
D'songer que personn' ne vous aime !
Quand j'vois les autr's enfants joyeux,
Rec'voir des baisers pleins d'tendresses,
Je m'dis, les larmes dans les yeux :
Que ça doit être bon, les caresses !...

— Je la connais, celle-là, s'exclama Emile Bonheur... Tellier nous la chante souvent... Vous savez bien ? Tellier, ce copain rigolo auprès de qui vous avez dîné l'aut'jour à Grenelle ?

— Tellier est peut-être rigolo, mais son répertoire ne l'est guère.

Le second couplet, le troisième se déroulent, soutenus par les sons nasillards de la mandoline. Et je remarque que les visages sont attentifs, que quelques-uns sont émus. Le vieux à lunettes essuie une larme, en écoutant ces vers :

Jusqu'au froid hiver qui m'désole,
Avec sa neige et ses autans,
J'nai qu'un seul ami qui m'console :
Un vrai, celui-là ! c'est l'Printemps !
Toutes les bell's fleurs qu'il fait naître
J'ai le droit d'les cueillir en maître.
Ce qui fait que j'peux tous les ans,
Sans rien demander à personne,
Sur la tomb' de mes chers parents
Porter pour leur fête une couronne.

C'est une inondation, un déluge ; les cuisinières palpitent ; le mitron captivé oublie son vol-au-vent ; chacun y va de ses deux « ronds » et achète la romance réaliste.

Un camelot fredonnait... Sa femme aveugle, l'accompagnait.

« créée par M. Perval, du Petit Casino » ; les bobonnes sont devenues subitement graves ; elles veulent connaître la fin de l'histoire. Et l'histoire se dénoue d'une manière bien triste : le pauvre déshérité va se noyer dans la Seine, mais une réflexion le console :

En somme, j'suis pas responsable,
La société seule est coupable.

— Bravo ! s'est écrié Emile Bonheur...

De cette prodigieuse niaiserie, il n'a souligné qu'un mot, celui qui sonne le glas de la société bourgeoise. Au reste, la complainte en elle-même ne lui déplaît point :

— C'est bien tapé, cette machine... Vous ne trouvez pas ?

J'estime, avec Gustave Charpentier, qu'il est urgent d'épurer le goût esthétique et littéraire de Mimi Pinson...

IV

Deux Réunions publiques

Allons, me voilà lancé dans la politique ; et cela grâce à mon jeune ami Emile Bonheur, qui est animé d'un zèle apostolique des plus ardents et a conçu, je crois, l'espérance de m'enrégimenter dans les rangs du parti collectiviste. Si je l'écoutais, chaque soir nous irions courir ensemble les clubs, les conférences, les universités populaires ; nous n'en « manquerions pas une » du citoyen France et du citoyen Jaurès. Il y a beaucoup d'autres personnages qu'il voudrait me faire admirer et qu'il tient en grande estime ; le citoyen Viviani, par exemple. et le citoyen de Pressensé. Il m'a défini leur talent, à tous deux, d'une façon pittoresque.

— Pressensé n'a pas tant de « gueule » que Viviani, il n'est pas excitant, mais il est rudement capable... Il vous instruit.

En attendant que j'aie le plaisir d'entendre le citoyen de Pressensé et le citoyen Viviani, il y a une réunion qui me tente : celle où le candidat du XIe arrondissement, Max Régis, convoque ses électeurs. Je suis curieux de voir de près ce jeune politicien qui a déjà, par ses actes et ses propos tumultueux, soulevé tant de conflits. Quand Emile Bonheur a su mon dessein, il a pris un air mécontent :

— C'est un nationaliste ! s'est-il écrié.

Il y avait dans ce terme du mépris, du dégoût, de la colère, et à mon adresse, comme une sorte de reproche et d'étonnement affectueux. Evidemment Emile me désapprouvait. Il ne comprenait pas comment je pouvais perdre mon temps en semblable compagnie et quel goût malsain m'y attirait ; toutefois, il m'a demandé la permission de m'accompagner. Ce qui a trait à la « question sociale » l'intéresse infiniment et il n'est pas fâché, au fond, de pénétrer dans l'un des repaires du nationalisme, ne fût-ce que pour y aiguiser sa haine et regarder face à face les gens qu'il déteste.

Quand je suis arrivé à l'hôtel Moderne, où avait lieu l'assemblée, Emile Bonheur m'attendait sur le seuil et ne dissimulait pas son impatience.

— Nous n'aurons pas de places, me dit-il, c'est commencé.

Nous grimpâmes quatre à quatre le large escalier qui se développe en droite ligne jusqu'au second étage de l'immeuble. Une foule épaisse s'y pressait ; elle devenait plus dense à mesure que l'on approchait de l'endroit où s'élevait la tribune. Il nous fallut jouer des coudes, exercer de vigoureuses poussées à droite et à gauche. Nous avançâmes sans nous arrêter aux plaintes et aux menaces que notre brutalité provoquait. Un dernier effort. Nous y voici.

Au loin, sur une estrade, nous apercevons un homme qui gesticule et lance d'une voix pointue des phrases que notre oreille saisit imparfaitement. Il se promène comme un lion en cage ; et tour à tour son visage et son échine nous apparaissent. Lorsqu'il parle de dos, on ne l'entend pas et ce sont des protestations et des cris : « Par ici ! plus haut ! » L'orateur est très embarrassé, car il est placé à cheval sur deux salles contiguës, littéralement bondées et qu'il doit emplir de son verbe. S'il se tourne vers l'une, l'autre cesse de l'ouïr... De là ce va-et-vient perpétuel. Il en résulte un effet assez bizarre. M. Max Régis (car c'est lui que nous avons sous les yeux) a l'air de jouer aux propos interrompus, mais les lambeaux de phrases qui nous parviennent suffisent à nous édifier sur le sens de sa harangue. Elle tire à sa fin et, par la péroraison, nous pouvons reconstituer l'exorde.

C'est une charge à fond de train contre le gouvernement, une exaltation passionnée de l'idée patriotique ; et les périodes se succèdent, intermittentes, bourrées d'adjectifs, nourries d'antithèses, expirant sur des notes nasillardes. M. Max Régis force son organe à le briser. Sa tête se redresse, ses poumons se gonflent, son bras s'abaisse et s'élève dans un mouvement automatique, comme pour marteler les mots et les enfoncer dans l'esprit des auditeurs. Et ces mots, mon Dieu ! ce sont les mêmes que vous lisez le matin dans les journaux. Sur le terrain de la polémique, la langue écrite et la langue parlée ne diffèrent pas sensiblement.

— La France aux Français... La dictature éhontée d'une poignée de traîtres, de misérables et de vendus que le pays vomira... L'armée nationale, puissante et intangible, sous les plis glorieux et frémissants du drapeau tricolore !...

Ces périodes sont applaudies. Autant que j'en puis juger, M. Max Régis est sympathique à ceux qui l'écoutent. Dans l'atmosphère saturée de poussière et de fumée de tabac, je distingue assez mal sa physionomie. Elle répond à l'idéal un peu vulgaire que le peuple se forme du « beau garçon ». M. Max Régis est beau à la manière des bouchers de la Villette, bien campé, bien râblé, énergique, combatif et doué par la nature de muscles solides. Il y a des femmes qui ne sont pas insensibles à ce genre d'avantages. Justement, près de nous, se trouve une brunette qui le dévore des yeux. Que n'est-elle appe-

ELLE SE RETOURNE A DEMI FACHÉE :
— EH BIEN, VOYONS !

lée à prendre part au scrutin ! Elle voterait avec enthousiasme pour le fougueux antisémite. Elle est d'ailleurs très gaie ; elle interpelle ses voisins qui, profitant de la bousculade, lui pincent les hanches et s'aventurent en de sournoises familiarités. Elle se retourne, à demi fâchée :

— Eh bien ! voyons !

Mais elle comprend la plaisanterie et que ces privautés ne tirent pas à conséquence. Les gens qui l'entourent sont de petits bourgeois du quartier, des boutiquiers, des artisans ; ceux-là proprement nippés, ventrus, cossus, portant sur leurs gilets des chaînes à breloques ; ceux-ci vêtus de leurs habits de travail, tabliers de grosse toile, bourgerons, paletots défraîchis, laissant passer des pans de blouses grises. Contre un des murs de la salle, une demi-douzaine d'individus se sont juchés sur un banc. Ils forment un groupe à part et se sont massés là dans une intention déterminée et qui n'est point pacifique. L'un d'eux, coiffé d'un gibus de soie, cravaté de rouge, se signale par des manifestations bruyantes et peu variées. Il darde des regards féroces en hurlant, de minute en minute :

— A bas les juifs !

Et son cri est aussitôt repris en chœur. A un moment, des remous se produisent dans la foule. Emile Bonheur en profite pour se rapprocher du banc. Il y monte, il s'y cramponne. Je cherche vainement à le retenir. Je redoute les fureurs de son humeur batailleuse. Cependant les orateurs se succèdent: le citoyen Eugène Rendu, dont le profil barbu et chevelu évoque l'image de Gambetta, le citoyen d'Elissagaray qui cloue au pilori les banquiers israélites, le député Charles Bernard, dont l'arrivée déchaîne une tempête d'hilarité. Autour de moi, les réflexions s'échangent:

— C'est Charles Bernard. On ne va pas s'embêter.

— Très rigolo, Bernard !

L'homme au plastron écarlate continue de glapir :

— A bas les juifs !

— Chut !

— Silence, n... de D... !

Le citoyen Bernard, jaloux de confirmer sa réputation, assure que le peuple, en élisant Max Régis, « va f... un formidable coup de pied au c... de Waldeck-Ruisseau ». Des rires énormes accueillent cette savoureuse entrée en matière.

— Bravo !

— C'est envoyé ! ...

L'HOMME A LA CRAVATE POURPRE L'A SAISI ET L'A JETÉ EN PROIE A LA MEUTE.

— Ah ! mon salop !

— Conspuez les juifs ! clame l'ennemi de Rothschild, qui commence à s'enrouer.

Mais déjà le citoyen Bernard a clos sa harangue en annonçant que l'élection du onzième « achèverait d'aplatir le chapeau de Panama ». Il termine, comme il avait commencé, par une truculente métaphore et cède la place à Firmin Faure, son collègue algérien, qui, dès les premiers mots, s'empare des auditeurs. Il possède des dons oratoires remarquables. La voix est merveilleuse d'ampleur, de sonorité, allant des notes graves du baryton aux notes claires du ténor, colorée d'un léger accent provençal qui mouille des périodes, les arrondit, les rend harmonieuses. Elle vibre dans l'immense vaisseau où, tout à coup, un religieux silence s'est établi. Elle flétrit, elle exalte, elle conjure. Elle accuse le président du conseil de préparer dans l'ombre le retour du tyran ; elle le montre courbé sous la « jaune » dictature de Joseph Reinach. Je suppose que le citoyen Firmin Faure a chanté plus d'une fois cette chanson. Il la module supérieurement ; il prépare le mot, le retient, le lance en coup de clairon. Et ce sont des acclamations sans fin qui couronnent ses tirades et lui permettent de reprendre haleine. Que ces Méridionaux sont habiles ! Et quels surprenants joueurs de flûte ! Il arrive enfin au point capital de son discours.

— Electeurs, ce n'est pas entre Max Régis et Allemane que vous avez à choisir, c'est entre deux politiques, entre deux principes. Songez que le pays entier a les yeux fixés sur vous. Si vous votez pour Allemane, cela veut dire que vous approuvez les pleutres qui nous gouvernent, qui détruisent l'armée, menacent la liberté, nous courbent sous le joug d'une poignée de cosmopolites et assassinent hypocritement la République. Si vous votez pour Max Régis, cela signifie que vous voulez la France fière, honorée, libre au dedans, respectée au dehors, la France délivrée de cette vermine qui la dévore. Et maintenant, choisissez entre Allemane et Max Régis.

Mille voix grondent :

— Vive Firmin Faure ! Vive Max Régis !

Et tout à coup, quand la clameur s'est tue, un cri solitaire s'élève du fond de la salle, un cri aigu, exaspéré, cri de colère et de défi :

— Vive Allemane !

Tout le monde se retourne vers l'interrupteur. Et je frémis, car en lui je reconnais Emile Bonheur, perché sur son banc, vociférant, montrant le poing au bureau. Le malheureux ! L'homme à la cravate pourpre l'a saisi et l'a jeté en proie à la meute :

— A mort la casserole !... A l'eau !...Enlevez-le ! Balayez-moi ça !

L'énorme vague se referme sur le pauvre Emile et le roule dans ses ondes. Je ne discerne plus que bras levés, faces convulsées, bouches tordues. Une poussée se produit vers la sortie. Je me faufile, tant bien que mal, de ce côté et, tandis que le citoyen Gaston Méry entame un nouveau discours, je me mets à la recherche de mon compagnon.

Je l'ai retrouvé contre un bec de gaz de la place de la République, encore essoufflé du combat qu'il venait de soutenir. Sa veste déchirée bâillait lamentablement, il avait perdu son « melon » dans la bagarre ; il était contusionné, pantelant — et radieux.

— Ah çà ! lui dis-je, vous êtes fou...

Il se redressa et répliqua orgueilleusement :

— Ben, quoi ! faut avoir le courage de son opinion...

Il y avait en ces paroles une vaillance si ingénue que je ne pus m'empêcher d'en être ravi.

— C'est possible, répondis-je, mais je ne vous conduirai plus dans les réunions nationalistes.

Pour varier mes plaisirs, je me suis rendu, hier soir, à Aubervilliers, où les citoyens de Pressensé et Joindy devaient parler en faveur du socialisme. Mais je me passai cette fois des secours du jeune Emile dont les bouillonnements perpétuels commencent à me lasser.

Il était neuf heures lorsque je pénétrai dans la salle des Quatre-Chemins, à l'angle de la route de Flandre. J'acquittai le droit de 30 centimes imposé aux assistants « pour frais de location et d'éclairage » et j'entrai.

L'endroit était sinistre. Habituellement on y danse et, ces jours-là, je suppose, tous les becs de gaz sont allumés ; mais, par économie, on en avait éteint les trois quarts. Sous la blême lueur de quatre ou cinq quinquets, cent cinquante ou deux cents personnes s'agitaient confusément. C'étaient des gens du peuple, du plus humble, du plus pauvre, de ceux que le crayon de Steinlen a fixés dans ses pages faubouriennes si cruellement exactes : hommes chaussés de lourdes bottes, coiffés de casquettes graisseuses, avec des foulards pisseux lâchement noués autour du cou ; ouvriers aux paumes noires et calleuses, voués aux lourdes besognes, égoutiers, vidangeurs, camionneurs, coltineurs, chauffeurs, charretiers. Et leurs compagnes : filles en cheveux, délurées et précoces, ou ménagères vieillies avant l'âge par les travaux, les maladies et les maternités trop fréquentes.

J'achetai un brin d'immortelles rouges que je piquai à ma boutonnière et allai m'asseoir à une table où une chaise était libre. En attendant l'arrivée des orateurs, on causait. On causait même d'une manière très animée, et j'essayai de surprendre quelques bribes de ces conversations... Soudain, mon attention fut détournée par une scène bizarre. J'entendis un bruit de jurons et de chaises renversées et vis à dix pas de moi, deux individus qui, s'étant empoignés à bras-le-corps, se roulaient sur le plancher. Ils s'allongeaient des coups formidables, se serraient à la gorge, leurs têtes se cognant aux meubles ; un chien

— Ses épaules ont touché... c'est le Rouget qui l'a.

jappait après eux et les mordillait, tantôt l'un, tantôt l'autre, selon que le hasard lui présentait un brin d'étoffe ou un morceau de chair nue. On faisait cercle, on se régalait de ce spectacle, et comme je me demandais avec anxiété quelle en serait l'issue, ces mots calmèrent soudain mon inquiétude. Deux de mes voisins se communiquaient leurs impressions :

— Ses épaules ont touché. C'est le Rouget qui l'a.

— J'te dis que non!

— J'te dis que si!

— Un litre que c'est le Rouget qui l'emporte!

Je respirai... Ce que je prenais pour une rixe sanglante n'était qu'une lutte à main plate. Mais un coup de sonnette met un terme à ces jeux olympiques. Un autre tournoi, un tournoi d'éloquence, va s'ouvrir. Le bureau s'est constitué. Le citoyen Jacquemin, conseiller général, préside et donne la parole au citoyen Francis de Pressensé qui définira, selon les termes de l'ordre du jour, le nationalisme et le socialisme et éclairera le public sur le sens de ces deux mots. Le citoyen Pressensé jette sa cigarette à moitié consumée, s'avance au bord de l'estrade, s'appuie sur une statuette en simili-bronze figurant une bergère Pompadour, et, sans s'arrêter aux bagatelles, entre dans le vif de son sujet.

Mon jeune ami, Emile Bonheur avait raison. M. de Pressensé manque de « gueule » ; il n'est pas « excitant », mais il est rudement fort. Il s'exprime sur un ton calme et uni ; il verse dans une forme apaisée des idées violentes ; et rien n'égale l'agressive intransigeance de sa pensée, si ce n'est la courtoisie dont il l'enveloppe. Il parle, il parle, sans éclat, sans fanfare, et tout en parlant, il caresse sa bergère d'un geste automatique ; et les phrases coulent de ses lèvres, correctes, limpides, rapides et froides. Les auditeurs s'en abreuvent. Cette extraordinaire facilité les impressionne, mais ne les empoigne pas. Ils admirent le citoyen Pressensé et lui préfèrent Jaurès, qui est moins abstrait, plus poétique, et dont la voix a de si chaudes caresses. Néanmoins, ils sont attentifs et respectueux. C'est à peine si deux ou trois grognements se mêlent aux bravos et indiquent que l'assistance est divisée dans ses sentiments. Ces divergences s'accentuent lorsque le citoyen Joindy se lève. Et le citoyen Joindy ne s'y trompe pas ; il n'a point la placidité ironique et méprisante de l'honorable préopinant ; il est fiévreux, rageur ; il provoque et fouaille ses adversaires ; il leur jette à la face d'humiliantes vérités:

— Vous n'êtes que des poules mouillées. Vous tremblez devant vos patrons. Chez le mastroquet, vous n'osez pas sortir votre journal, afficher vos convictions. Les curés donnent l'aumône à vos femmes, à vos gosses, et vous brident par ce moyen. C'est honteux!... Vous protestez?... Montez donc à la tribune et expliquez-vous, au lieu de murmurer dans les coins, comme des lâches!

C'en est trop! Un des assistants se fâche, bondit sur l'estrade, crie son nom au président.

— Le citoyen Langlois a la parole.

Et le citoyen Langlois met les pieds dans le plat. Il s'avance vers le citoyen Joindy, et, d'un ton méchant, s'écrie :

— Je demande au citoyen Joindy s'il est partisan de la grève générale?

— Sans doute, répond Joindy vaguement inquiet, je l'ai déclaré cent fois.

Le citoyen Langlois ricane aigrement.

— Alors je demande au citoyen Joindy, comment il peut concilier la grève générale avec la loi sur l'arbitrage du ministre Millerand.

Vous concevez que le citoyen Joindy est trop blasé sur ces sortes d'interpellations pour s'en émouvoir. Il a recours aux fuyantes ressources d'une dialectique aussi subtile que celle des rhéteurs grecs. Mais on lui prête une attention distraite. L'incident a troublé toutes les cervelles. Un vent de discorde souffle dans la salle. Un des assesseurs croit devoir prendre à son tour une attitude comminatoire.

— Le citoyen Langlois, dit-il, est libertaire, anarchiste. Pourquoi donc, dernièrement, est-il allé quérir la police? Quand on est anarchiste, on ne fait pas appel aux gendarmes...

Cet argument *ad hominem* provoque l'explosion. Le citoyen Langlois écume et vocifère :

— Tu mens, crapule!... Tu mens!... Sacrée vache!

Le président secoue sa sonnette désespérément. Le citoyen de Pressensé allume sa sixième cigarette. Le tumulte tourne au délire. On se croirait au Palais-Bourbon. Et comme il n'est pas d'orage qui ne se change en bonace, un cinquième orateur surgit, et ses premières paroles me touchent par leur bonhomie évangélique :

— Voyons, camarades, ne vous déchirez pas ainsi. A quoi bon ces disputes, ces injures dont nos ennemis profitent? Si l'on nous traite de mauvais bougres, c'est de votre faute. Ce serait si facile de s'accorder, de marcher ensemble. Mais non, c'est une rage que vous avez de vous détruire. Si l'un de nous s'occupe des syndicats, de la propagande, vous l'accusez d'être un poseur, un arriviste; s'il va en votre nom chez le ministre, vous dites que c'est pour se faire inviter à déjeuner. Eh bien, ce n'est pas chic de votre part, camarades! Je suis un ouvrier comme vous; je travaille le soir à m'éduquer dans les livres. Et j'ai vu que le peuple avait toujours péri par ses divisions. Savez-vous pourquoi on nous écrase? C'est parce que nous ne nous aimons pas et que nous nous débinons les uns les autres.

Le brave garçon! Il a trente ans à peine; il est blond et rose, il a l'air candide et il parle comme le sage Nestor. Je voudrais lui presser la main et le louer de ce généreux langage. Hélas! Je suis à peu près le seul qui en apprécie la noble et forte beauté et le sens si lumineux. Il se perd dans le brouhaha des discussions particulières. La salle se vide. Un tribun emphatique eût retenu les auditeurs. Cet homme simple et naïf les ennuie.

J'en étais là de mes réflexions, quand un quidam m'aborde civilement.

— Citoyen, me dit-il, est-ce que vous gardez votre sapin?

Si je le garde! par cette nuit d'hiver, par ce brouillard, au fond de ce quartier perdu!

— C'est que le citoyen Pressensé m'a chargé de lui procurer une voiture et qu'on n'en trouve pas à Aubervilliers.

LES OUVRIERS DES ENVIRONS, CE JOUR-LA, S'Y DONNENT RENDEZ-VOUS.

— Qu'à cela ne tienne! Je serai charmé d'offrir la moitié de mon sapin au citoyen Pressensé.

Et nous sommes rentrés tous deux à Paris, enfoncés, chacun, dans des méditations différentes.

V

Le Beuglant

Quelqu'un m'a dit :

— Allez donc un samedi passer la soirée dans un des cafés-concerts du boulevard Barbès ou du boulevard Ornano, par exemple à la Fourmi. Les ouvriers des environs, ce jour-là, s'y donnent rendez-vous. Et vous y trouverez matière à des observations pittoresques.

Je me suis rendu à la Fourmi. C'est un beuglant dont la façade vous tire l'œil, de loin, avec ses lampes électriques et ses affiches multicolores. Il ressemble par l'aspect à la Scala et à l'Eldorado. Mais dès qu'on en a franchi le seuil, l'impression se modifie. Ce n'est plus ici le café chantant de la haute, où fréquentent les messieurs en habit et les cocottes huppées. C'est le beuglant populaire. Les hommes y sont en casquettes et en chapeaux mous, et la plupart des femmes en cheveux, avec de petits fichus, des fichus de « gigolettes », croisés autour de leurs cols. Elles sont d'ailleurs gentilles en cet équipage et vous ont des physionomies à la Steinlen, les plus piquantes du monde. Mais quand on pénètre dans la salle, on ne les voit pas d'abord, on ne voit rien qu'une multitude de têtes noyées dans les fumées du tabac. Il faut s'accoutumer à cette atmosphère. La première suffocation passée, on s'oriente, on se retrouve.

Vainement ai-je cherché à me caser aux stalles de parterre ou de galerie. Tout était plein. Aux galeries surtout, une foule énorme se pressait ; des grappes humaines se suspendaient aux poutres graisseuses de la charpente. La Fourmi est un établissement bien achalandé. J'ai fini par me procurer une place de luxe ; dans l'avant-scène de droite ; elle m'a coûté trente sous, consommation comprise, moyennant quoi j'ai pu écouter commodément les artistes et jouir de la vue des spectateurs.

Pour l'instant, c'est un morceau gai qui leur est offert. Deux comiques sont en scène et récitent l'*Emballeur*. Je ne connaissais pas l'*Emballeur*, qui est une sorte de monologue coupé de courtes répliques. Le premier comique narre au second comique les catastrophes qui lui sont advenues dans la rue de l'Echiquier. Et le second comique, durant ce récit, donne les signes du plus complet ahurissement :

« Je passais dans la rue de l'Echiquier « et je portais sur le dos une balle de balles « en caoutchouc dans une toile d'emballage. « Un emballeur en train d'emballer me jette « une caisse d'emballage dans les jambes ; je « tombe avec ma balle de balles, et voilà les « balles déballées sur le trottoir. Je m'em- « balle et je dis à l'emballeur de remettre « les balles dans la toile d'emballage. L'em- « balleur refuse de remballer les balles, et « moi, tout à fait emballé, je lui applique « un marron sur la balle. L'emballeur m'en- « lève le ballon..., etc. »

Cela continue pendant dix minutes. Et cela pourrait durer indéfiniment. Au reste, nul ne s'en plaint. On s'amuse. Ce ne sont que figures hilares, bouches fendues, bedaines épanouies. Les citoyens ont retiré leurs bouffardes pour s'esclaffer plus à l'aise, et les citoyennes poussent des gloussements de poulettes. Quel bon public et facile à satisfaire ! Près de moi, j'aperçois un couple qui attire mon attention et mes sympathies. Il a vingt ans. C'est un solide gaillard aux larges épaules, vêtu de la veste de velours et du pantalon à la hussarde des compagnons charpentiers. Elle est toute jeunette et se presse tendrement contre lui. Ils se frôlent ; leurs bras s'étreignent sournoisement ; leurs têtes se rapprochent ; ils ont des regards pleins de promesses en sirotant les cerises à l'eau-de-vie. Et tout à l'heure, quand ils remonteront les rues désertes, leurs lèvres s'uniront, ils se jureront une fidélité éternelle. Mais ces amoureux ne sont pas ennemis de la rigolade. Ils applaudissent furieusement l'*Emballeur*. Ils ont plus de plaisir encore à savourer la *Berceuse verte* que fredonne maintenant une commère aux appas plantureux :

C'étaient deux amants,
Le long de l'av'nue Trudaine,
C'étaient deux amants,
Qu'avaient pas beaucoup d'argent.
Ils s'en sont allés,
Pour balader leur idylle,
Ils s'en sont allés,
Cherchant un banc pour s'aimer.

La petite femme se penche, avec un joli rire, à l'oreille de son homme. Sans doute elle lui murmure : « C'est notre histoire! » Et, émoustillée à cette image, elle lui donne un bécot.

— Eh bien! n'vous gênez pas! s'écrie un voisin.

Et tous, dans le rang, d'imiter le bruit des baisers, tandis que la chanteuse achève de dégoiser sa romance.

Mais le trac les prit
Et changea leur état d'âme,
N... i. ni, fini,
Ça leur coupa l'appétit.
Un père la Pudeur,
Enn'mi des plaisirs folâtres,
Plein de saint's odeurs,
Descendait du Sacré-Cœur.

Et les chansonnettes se succèdent grivoises, sentimentales, révolutionnaires ou chauvines. L'auditoire choisit lui-même ses morceaux, il les réclame à grands cris, il les impose. A un moment, cette agitation tourne au tumulte. On n'arrive pas à s'accorder. Des hurlements partent de tous les coins :

— *Pour le Drapeau!*

— *Le Foin!*

— *Ils sont là!*

— Non, pas le *Foin*, le *Drapeau!*

Le chef d'orchestre, qui tient son bâton de la main droite et joue du piano de la main gauche (un homme très occupé), annonce que ces chansons diverses seront interprétées à la file. La tempête se calme. Et l'organe d'un tragédien, anciennement émoulu de la rue Bergère, déclame les alexandrins de François Coppée. Il exalte l'abnégation de ces insurgés des bataillons d'Afrique, qui, s'étant servis des armes qu'on leur confie pour repousser l'assaut des Bédouins, les abandonnent ensuite et reprennent docilement leur dur collier de misère.

Alors les condamnés, ainsi qu'ils l'avaient dit,
Tenant loyalement la parole jurée,
Rentrèrent dans le fort en colonne serrée;
Sans hésitation, ils mirent en faisceaux,
Devant le commandant, les fusils encore chauds;
Et le vieil officier, contenant mal ses larmes,
A ses soldats d'un jour qui déposaient leurs armes
Etreignait les deux mains, à leur rougir la peau,
Et disait rudement :
— Merci!... pour le drapeau!!

Les applaudissements se déchaînent en ouragan... Evidemment la résignation des insurgés paraît sublime à la majorité des auditeurs.

— Bis! bis!

— Non, le *Foin!*

Et notre même tragédien, dont le baryton généreux se plie à tous les accents, entonne le refrain du chant socialiste :

Dans la grande usine,
L'ouvrier turbine,
Vas-y mon gas,
Ne te gêne donc pas,
Cogne le fer à tour de bras!
Et quand t'auras bien turbiné
Ton patron sera décoré.

C'est pas celui qui gagn' le foin
Qui l'mange.
C'est c'lui qui gagne le foin
Qu'en mang' le moins.
C'est pas celui qui gagn' le foin
Qui l'mange.
C'est c'lui qui gagne le foin
Qu'en boulott' le moins.

Cette fois, on ne se contente plus de trépigner. On reprend en chœur le couplet. Et ceux-là qui s'extasiaient aux accents militaristes de Coppée acclament cette satire du capitalisme et du patronat. Vous ne direz point qu'à Montmartre, ils ne sont pas éclectiques! Et ils ne détestent pas que l'on daube sur la politique et les politiciens. Je comprends pourquoi ils réclamaient avec tant d'ardeur la pièce intitulée : *Ils sont là.*

Votez pour moi, dit l'candidat,
Je veux faire un tas de réformes,
Supprimer des abus énormes
Et fair' marcher l'char de l'Etat.
Sitôt nommé quand il fonctionne,
Il se met dans les comités,
Mais à la Chambre, quand faut voter,
Y a plus personne!
Et certains pour aller sans trêve
Prêcher le désordre et la grève,
Où l'peuple est toujours « chocolat » :
Ils sont là.

Des sourires, des murmures approbatifs, des clignements d'yeux discrets accueillent cette épigramme, qui est assurément jugée très fine. Le tragédien-virtuose se retire après les saluts réglementaires. Il est remplacé par un faux Polin, à la perruque rousse et au képi de travers. Et voilà que, dans mon dos, s'élèvent des cris aigus, des effusions glapissantes :

— Maman, soldat !... Maman, soldat !

C'est une fillette grosse comme le poing, entre son père et sa mère, et qui traduit en ces termes son ravissement. La mère est habillée de noir, avec une élégance relative ; le père présente l'apparence d'un employé, d'un modeste rond-de-cuir. Il occupe quelque humble emploi dans les chemins de fer ou les banques. Ils paraissent adorer leur fillette et ne songent pas à lui imposer silence. Ils sont fiers de la voir si intelligente.

— Quel âge a-t-elle ? leur dis-je.

— Quatre ans.

— Vous ne pensez pas qu'elle serait mieux dans son lit ?

— Oh ! monsieur, elle est accoutumée à se coucher tard. Nous l'avons conduite l'autre jour au Théâtre-Libre, chez Antoine. Ce qu'elle était contente ! Elle aime le théâtre... ça n'est pas croyable !

Ces braves gens sont fiers de l'extrême précocité de leur gamine. Et puis, n'est-ce pas, on ne peut la laisser seule à la maison ; et, comme ils n'ont pas de bonne pour surveiller son sommeil, ils l'emmènent avec eux. Et c'est pourquoi tant de jeunes Parisiennes ont les nerfs fatigués, l'imagination blasée, et pourquoi elles veulent toutes entrer au Conservatoire. Elles ont sucé, avec le lait, le goût du cabotinage.

J'en suis là de mes réflexions philosophiques, quand, subitement, j'éprouve une surprise. Je viens de discerner au fond de la salle une figure qui m'est familière, le minois chiffonné, le nez en l'air, les cheveux fous de ma petite amie, la couturière montmartroise, Florise Bonheur.

Nous nous sommes rencontrés dans le couloir.

Nous nous sommes rencontrés dans le couloir, durant l'entr'acte. Et son étonnement était plus vif que le mien de me découvrir en ces lointains parages. Elle n'en revenait pas.

— Comment, vous êtes à la Fourmi ? En voilà une idée !

Je remarquai qu'elle avait un air maussade et pincé qui ne lui était pas habituel.

Soudain elle partit d'un rire amer et une lueur mauvaise s'alluma dans ses yeux.

— Vous savez ce qui m'arrive?

— Quelque chose d'ennuyeux?

— C'est bien simple. Ils m'ont flanquée à la porte.

— Qui ça?

— Qui ça?... maman, mon frère Emile et ma sœur Pauline.

Elle se montait en parlant; une violente colère envoyait, par bouffées, le sang à ses joues.

— Oui, je les nourris depuis des mois et des mois. Et voilà ma récompense!... Pas vrai, Charlotte?

Elle interrogea du regard une femme brune qui l'accompagnait et qui acquiesça du geste, ajoutant d'un ton convaincu :

— Oui, ils ont été assez dégoûtants.

Florise, encouragée, s'abandonnait à une fureur croissante.

— Demandez, dans le quartier, ce qu'on en pense! Demandez à tout le monde! Demandez à Gustave Tellier, qui est pourtant le copain d'Emile.

Elle appela :

— Gustave!

Une voix goguenarde répondit :

— Présent!

Et je vis surgir cet excellent Gustave Tellier qui ne m'était pas apparu, depuis le banquet coopératif de Grenelle où je l'avais pour voisin de table. Je le remis de suite. Il portait son « melon » planté sur la nuque, à la Paulus, et se dandinait, les mains dans ses poches, en fredonnant la chanson du *Foin :*

C'est pas celui qui gagne le foin
Qui l'mange;
C'est c'lui qui gagn' le foin
Qu'en boulot' le moins.

Florise tapa du pied, avec impatience.

— Tâche d'être sérieux, nom de nom, ça en vaut la peine.

Gustave se calma, et je fus frappé de la gravité où s'éteignit brusquement sa belle humeur. Il dit d'un ton pénétré :

— Le fait est qu'ils se sont conduits comme des vaches!

Je les entraînai tous trois au café d'en face, afin d'avoir le récit complet de ce drame.

Lorsque les bocks furent rangés sur le marbre blanc du guéridon, les langues se délièrent. Et Florise entra, tout d'une haleine, dans le vif de son sujet.

— Vous supposez bien que ce n'est pas d'aujourd'hui qu'on ne s'accorde pas chez nous. Quand il n'y a plus de pain dans le buffet les chrétiens se battent. Et dame! aussitôt qu'arrive le chômage c'est la famine. Avant d'être enfermé, papa gagnait par-ci par-là quelques sommes. Emile se fait quatre à cinq francs par jour, mais il en dépense, aussi, à courir ses réunions. Pauline n'est encore bonne à rien. Ma mère a déjà trop à s'occuper avec le ménage. Alors vous comprenez, on se dispute ferme.

— Quelle ferme? interrompt Gustave.

Mais Florise n'est pas en disposition d'apprécier cette classique plaisanterie; elle est toute à la douceur d'épancher son infortune.

— Je sais bien pourquoi ils m'en veulent, reprend-elle d'un air profond.

Elle s'arrête, comme embarrassée d'un scrupule, puis elle se décide.

— Ma foi, tant pis, je vais vous dire la chose.

Et s'animant par degré, elle nous conte le vulgaire roman de sa jeunesse, roman bien banal, mais auquel sa parole faubourienne, colorée, semée de mots crus, animée, en cet instant, d'un émoi sincère, prête une étrange saveur. Elle avait dix-huit ans; elle achevait son apprentissage dans un atelier de confection de la rue du Temple. Un commis de magasin la courtisait, la menait au restaurant, la guettait dans la rue, à la sortie. Vous devinez la suite. Elle céda. Il avait promis vaguement le mariage. Un beau matin il se « trotta », et elle apprit qu'il avait quitté Paris, épousé une autre femme et acheté à Rouen un fonds de mercerie. Mon Dieu, elle ne mourut pas de désespoir et se consola de cet abandon qu'elle pressentait. Mais les temps étaient durs. A la veille du terme, on cherchait des sous. On n'en trouvait pas. Le père Bonheur dit à sa fille :

— Ecris à ton galant d'envoyer de la galette. Il te doit bien ça.

Florise écrivit. L'autre s'exécuta. Et chaque fois que la gêne se faisait sentir, on l'obligeait à renouveler ses demandes. A la fin, elle en eut assez ; elle refusa d'adresser à celui qui l'avait lâchée, des lettres humiliantes. Elle résista aux prières et aux menaces de son père, de sa mère.

— C'est depuis ce jour qu'ils me détestent. Mais flûte! je veux travailler, je ne veux pas mendier.

Gustave ne blague plus. Il savait à peu près les malheurs de Florise ; il n'en connaissait pas le détail et cette narration l'impressionne comme un roman-feuilleton.

— Alors, dit-il.

— Alors, reprend Florise, figurez-vous que, dimanche dernier, Pauline ne se levait pas. Ce qu'elle est flemmarde, cette petite! Je lui ordonne de sauter du lit. Bernique! Je la tire par les pieds. Elle me colle une gifle. Je la lui rends. Elle s'habille à la six-quat'-deux, court rejoindre maman au lavoir, lui monte le bourrichon, se plaint que je l'aie battue. Elles reviennent furieuses. Maman me jette à la tête la marmite de bouillon et me flanque dehors, criant qu'elle m'a assez vue et qu'elle n'a pas d'argent pour nourrir une peste comme moi, qui ne fiche rien du matin au soir. Est-ce ma faute s'il n'y a pas d'ouvrage? C'est la mauvaise saison...

JE LA TIRE PAR LES PIEDS.

Des larmes cuisantes jaillissent des yeux de Florise, au souvenir de tant d'injustice.

— Ah! les rosses! hurle Gustave, que cette douleur émeut.

Et, versant un torrent de pleurs et se mouchant à grand bruit, Florise achève sa lamentable odyssée. Il était midi ; elle n'avait pas déjeuné. Elle se réfugie au cinquième, chez son amie Charlotte Vernon ; elle y demeure tout le jour. A huit heures du soir, elle tente de réintégrer le logis maternel. On refuse de le lui ouvrir.

— Où voulez-vous que je couche?

— Je m'en f... ! glapit la mégère.

L'infortunée Florise est sortie ; elle est allée requérir l'appui du commissaire de police, qui lui a proposé aimablement de la retenir au poste. Elle s'est enfuie précipitamment, est retournée chez Charlotte. Et là, on s'est arrangé du mieux possible, avec des matelas sur le plancher. Le mari de Charlotte Vernon est typographe et ne rentre que très avant dans la nuit. L'excellent homme, mis au courant de la catastrophe, a approuvé sa femme d'avoir recueilli la vagabonde et décidé que Florise habiterait sous leur toit jus-

Elle se débat violemment et lui échappe.

qu'à ce qu'elle se soit casée quelque part. Or, le lendemain, dans la soirée, à neuf heures, Florise et Charlotte soupaient sur le pouce, quand la porte est enfoncée. Un individu empoigne Florise... C'était son frère, Emile Bonheur.

— Viens, dit-il.

— Non.

— Descends !

— Tu parles !... pour que vous m'assassiniez !

Il l'insulte, la bâillonne, la traîne vers l'escalier, la roue de coups. Elle se débat violemment et lui échappe.

— Tenez, s'écrie Florise, nous montrant son cou et ses poignets meurtris : Mon corps n'est qu'un bleu.

Je considère Gustave Tellier, tandis qu'elle continue de nous retracer ces tragiques épisodes. Il est littéralement abasourdi. Comment ! Emile s'est comporté de la sorte, Emile, un garçon instruit, un socialiste, nourri des saines doctrines, un type qui aspire à l'affranchissement de l'humanité. C'est du propre !

— J'te vas lui frotter le museau, gronde Gustave, avec un geste expressif.

Mais Florise intervient. Elle garde une terrible rancune à son frère ; moins, toutefois, qu'à sa mère et qu'à Pauline, qui l'ont excité contre elle.

— Les mâtines ! Celles-là ne le porteront pas en paradis ! Je me vengerai !

Car Florise a encore d'autres griefs ; ses épreuves ne sont pas finies. Lorsqu'elle s'est arrachée au brutal assaut d'Emile, elle a dégringolé les étages comme une folle, saluée au passage par les injures de sa mère et de sa sœur. Elle s'est réfugiée chez la concierge, Mme Mathieu, qui a reçu d'Emile un soufflet parce qu'elle l'empêchait d'entrer dans sa loge. Enfin, le brouhaha s'est calmé. A dix heures et demie, quand « les gaz ont été éteints », Florise a quitté sa cachette et est remontée auprès de Charlotte.

— J'avais retiré mes souliers pour qu'on ne m'entende pas. Et ce que mon cœur faisait toc-toc, quand je traversai notre palier ! Je croyais que le bras d'Emile allait me saisir.

Pauvre Florise ! Je la vois marchant à tâtons, dans les ténèbres, ses chaussures à la main, retenant son souffle, et filant, filant, plus légère qu'une gazelle, les yeux pleins d'effroi, la gorge sèche, talonnée par un mystérieux fantôme. Pauvre Florise !

Maintenant, ce cauchemar est dissipé. Elle rumine sa rancune et remue des desseins de représailles. Elle n'est pas méchante. Mais on l'a blessée au vif.

— Ils m'ont jetée dans la rue, à huit heures du soir, comme une « roulure ». Je ne leur pardonnerai jamais ça !

« Ils m'ont jetée dans la rue ! Ils m'ont jetée dans la rue ! » C'est l'idée fixe qui s'enfonce en sa cervelle. C'est l'outrage, c'est l'offense inexpiables.

L'obligeante voisine Charlotte, qui n'a pas, jusqu'ici, desserré les dents, juge à propos de parler. Elle est fausse et doucereuse et ne m'inspire qu'une demi-confiance. Elle envenime, par ses propos, les ressentiments de Florise.

— Vous concevez, ma chère, qu'ils n'y couperont pas. D'abord, ils sont en retard pour le loyer ; et puis votre frère a cogné sur la pipelette. Ils vont être expulsés et vendus. Enfin, Vernon dépose une plainte pour violation de domicile. Ils passeront en correctionnelle. Et, bien sûr, personne ne les plaindra.

Charlotte Vernon sourit et soupire :

— Le travail est mauvais, par malheur. Les entrepreneuses mangent tous nos bénéfices. Faudrait obtenir directement des commandes d'un grand magasin de nouveautés. Faudrait être pistonnées par quelqu'un de conséquent.

C'est une invite... La voisine Charlotte est une effrontée solliciteuse. Elle m'agrée médiocrement. Mais j'éprouve une infinie pitié pour Florise. Gustave Tellier, qui s'aperçoit que la conversation languit, tente une diversion bruyante :

— Mes p'tits lapins, si on retournait au beuglant ? J'veux en avoir pour mon argent. J'ai payé ma place !

La représentation s'achevait... La toile était levée sur une pochade de M. Ouvrard,

Un tour de cochon, dont la verve manque d'atticisme, mais non de verdeur.

On y voit une nourrice et un militaire — le duo traditionnel. La nourrice s'absente pour satisfaire aux besoins de la nature. Le tourlourou berce tendrement son poupon... qui se trouve être un goret de trois mois, rose et dodu!... Un camarade facétieux a opéré cette substitution, en réponse aux brimades de la chambrée. Et Dumanet presse dans ses bras l'animal — qu'il prend ingénument pour le fils du colonel; — il lui tend le biberon, il le couvre de baisers. Le jeune goret lampe le lait avec g l o u t o n n e r i e et pousse des grognements joyeux.

— Le colon ne peut pas le renier, s'écrie le tourlourou, c'est tout son portrait!

A ce mot, éminemment spirituel, la salle se tord. Mais de tous les spectateurs, c'est Florise qui donne les marques de la plus convulsive hilarité. Elle rit... elle rit... Elle ne s'arrête pas. Et ce sont des fusées, des cascades. On croit que c'est fini. Elle repart. Il y a bien quelque énervement dans cette gaieté. Et pourtant, elle est sincère. Florise ne songe plus à ses ennuis, à ses tourments, aux soucis d'hier, aux périls de demain. Elle s'abandonne aux sensations du moment. Elle possède cette merveilleuse mobilité, cette faculté d'oubli qui permet aux âmes simples d'endurer, sans trop en souffrir, les misères de la vie.

Nous nous sommes séparés. Et Florise et Charlotte, retroussant leurs cotillons, ont escaladé les flancs obscurs de la Butte...

VI

Les six Anabaptistes

Emile Bonheur a cru devoir venir

Et Florise et Charlotte, retroussant leurs cotillons, ont escaladé les flancs obscurs de la butte...

m'expliquer pourquoi il avait brutalisé sa sœur Florise et me donner les raisons de sa conduite. Je ne lui ai pas caché l'indignation et l'étonnement qu'elle m'inspirait, et je l'ai engagé à méditer ce mot du poète persan qui assure qu'il ne faut jamais battre une femme, même avec une fleur. Il m'a regardé pour voir si je me moquais. Mais il m'a trouvé très grave. En effet, je ne puis concevoir par quel oubli de soi, ce garçon qui me paraissait honnête et un peu naïf et qui m'inspirait de l'amitié, s'est laissé entraîner à ce honteux accès de colère.

— Vous comprenez, monsieur, avec les femmes on ne sait jamais à quoi s'en tenir. Il est bien certain que ma mère et Pauline ne m'ont pas raconté les choses comme elles s'étaient passées. Je ne savais pas que Florise avait essayé de rentrer à la maison la veille au soir, et qu'on l'en avait chassée. Elles m'ont dit que Florise voulait être libre pour faire la noce, qu'elle s'était réfugiée au cinquième, chez son amie Charlotte Vernon et qu'elle refusait de revenir chez nous. Alors, j'y suis allé... J'ai demandé à Florise de me suivre. Elle m'a répondu d'une façon malhonnête : « Plus souvent que je te suive !... pour me faire assassiner ! » Je lui ai répondu

On est venu m'avertir que trois messieurs demandaient a me parler.

que nous n'étions pas des assassins et que c'est elle qui était une « traînée »... N'est-ce pas, on se monte, on se monte ! Et puis Florise n'est pas commode ; elle vous a une langue... Elle m'a menacé de me gifler. J'ai vu rouge. Je l'ai prise à la gorge pour l'entraîner... Et voilà !

Au fond, il existe entre la sœur et le frère d'obscurs malentendus. Et je les sens poindre à travers la narration verbeuse d'Emile. Elle l'a souvent taquiné sur ses idées politiques ; non pas qu'elle les désapprouve, grands dieux ! la pauvre Florise serait incapable de discerner ce qui sépare le guesdisme de l'allemanisme et l'allemanisme du broussisme. Ces subtiles nuances lui demeurent étrangères. Mais elle estime qu'Emile aurait mieux à faire qu'à se les fourrer dans la tête et qu'à courir les réunions et les clubs. Et comme elle a l'humeur naturellement railleuse, ses critiques revêtent une forme agressive qui exaspère le jeune admirateur de Jaurès. Il tolérerait la contradiction si elle était empreinte de gravité, mais il ne peut supporter la moquerie. Toutefois, ces dissentiments ne légitiment pas sa violence. Il s'en rend bien compte, car il n'est pas sot. Et il cherche instinctivement une autre excuse.

— J'avais bu deux ou trois petits verres. J'étais excité.

Et je songe, alors, à son père qui achève de se guérir ou de mourir à Sainte-Anne. Et je me demande si le vieil alcoolique n'a pas légué quelque tare secrète à son rejeton et déposé en lui, de par les lois de l'hérédité, le germe d'une folie sanguinaire. Pourtant Emile Bonheur est robuste ; il semble sain de corps et d'esprit. Je serais rassuré — n'était l'éclat trop fixe et trop vif de ses yeux et la flamme inquiétante qui, par moment, s'y allume...

J'achevais de le chapitrer et de lui arracher des promesses pour l'avenir, quand on est venu m'avertir que trois messieurs demandaient à me parler. Je lus sur leurs cartes des noms qui n'éveillaient aucun souvenir en ma mémoire : M. le vicomte de Clarens, M. Paul Webre, M. Methlin. J'allai les quérir dans l'antichambre et fus très étonné d'entendre Emile Bonheur, qui m'accompagnait, interpeller l'un d'eux familièrement :

— Ça va bien?

— Et toi?

— Pas mal... Merci.

Ils échangèrent des poignées de mains.

— Comment! m'écriai-je, vous vous connaissez?

— Parbleu, dit Emile, nous avons travaillé chez le même patron. Mais le diable m'emporte si je m'attendais à le rencontrer ici...

Il sortit et je restai perplexe, craignant d'être la dupe d'une mystification. Quelle besogne commune pouvait exister entre le compagnon menuisier Emile et ce gentleman coiffé d'un tube éblouissant et ganté de frais? Je fis entrer les trois visiteurs dans mon cabinet et, sans leur laisser le loisir de s'asseoir, je les accablai de questions :

— Me dévoilerez-vous enfin ce mystère?

Ils se sont concertés et celui qui semblait être l'orateur du groupe a pris la parole :

— Nous venons solliciter votre adhésion pour notre Œuvre...

Je supposai qu'il s'agissait d'une de ces sociétés philanthropiques dont nous sommes excédés, et je préparais déjà un refus poli. Mais il continua :

— Nous avons fondé *l'Union fédérale des Universités de France*, qui a pour but...

Il se recueillit et acheva sa phrase d'un ton pénétré, presque solennel :

— Elle a pour but de réconcilier les Français, d'éteindre les haines qui les divisent, de rapprocher la bourgeoisie du prolétariat, en obtenant de celle-là des sacrifices, et de celui-ci des concessions; d'enseigner aux hommes la solidarité et de remplacer la révolution sociale, imminente, par une évolution pacifique.

Il y avait dans ce discours une chaleur qui me frappa.

— Je vous entends, dis-je. C'est la théorie du *Guillotiné par persuasion* de Chavette. Vous voulez que la bourgeoisie s'exécute...

— Pour ne pas être exécutée. C'est cela même.

Ce gentleman, coiffé d'un tube éblouissant.

— Et à quelle classe appartenez-vous, s'il vous plaît?

— Nos pères sont des aristocrates et des bourgeois.

J'ai prié mes hôtes de poursuivre leur démonstration. Ils m'ont retracé l'histoire de cette tentative originale. Ils étaient un certain nombre d'étudiants qui avaient eu la fantaisie de créer une sorte de cénacle littéraire, dans l'intention d'y déclamer des vers et d'y jouer la comédie... Puis, un beau jour, ils s'avisèrent d'un dessein différent. Ils réfléchirent qu'il y avait une « question sociale » et qu'il était urgent de l'étudier.

— Ceci ne m'apprend pas, interrompis-je, pourquoi vous tutoyez Emile Bonheur.

— Patience, nous y arrivons!

Donc, ces bourgeois, issus de bourgeois, et disciples de Tolstoï, résolurent de se consacrer à l'allégement du peuple. Mais, pour soulager le peuple, il faut voir de près ses souffrances, et, pour y compatir, il n'est rien de tel que de souffrir avec lui.

— Nous devions, au gré de nos parents, devenir des magistrats, des médecins, des fonctionnaires. Nous décidâmes d'abandonner les carrières libérales et d'embrasser des professions manuelles. L'un de nous, qui excellait dans les exercices athlétiques, se fit forgeron; un autre charpentier; un autre calicot; un autre commis de banque; un autre quincaillier; un autre clerc d'huissier. Moi qui vous parle, je suis employé d'assurance, un modeste expéditionnaire à douze cents francs... Comprenez-vous, maintenant, pourquoi notre ami Methlin a reconnu cet ouvrier qui sortait de chez vous. Ils exercent apparemment le même état.

— Oui, dit M. Methlin, nous avons été, tous deux, apprentis...

Ma stupéfaction allait croissant, à chaque mot de cet étrange entretien.

— Une dernière question, messieurs... Etes-vous riches?

Le président du groupe, M. Paul Webre, m'a répondu :

— La plupart de nous pourraient vivre de leurs rentes.

Et, désireux de me prouver la vitalité de l'œuvre naissante, il m'a montré les signatures déjà recueillies. Et j'y ai vu figurer, côte à côte, les chefs les plus militants du nationalisme, du collectivisme, de la haute finance, de la franc-maçonnerie et du parti catholique, chacun ayant individuellement souscrit au même programme, sans soupçonner à quel voisinage cette adhésion l'exposait.

— Surtout, n'imprimez pas leurs noms, s'est écrié M. Paul Webre, en m'arrachant le crayon des mains. Les démissions pleuvraient! Et, cependant, ces ennemis politiques se trouvent réunis, bon gré mal gré, pour avoir contresigné une commune déclaration. N'est-ce pas une leçon bien piquante et suggestive?

M. Paul Webre s'est libéré de ses scrupules. Il m'a confié la liste de ses sociétaires et leurs lettres et m'a autorisé à les rendre publiques. Voici comment il obtint ces adhésions. Agissant comme Président du Comité d'initiative de l'Union fédérale des Universités de France, au nom de ses camarades, il adressa cette lettre aux personnalités influentes les plus diverses et les plus en vue :

Monsieur,

Après trois longues années de préparation et d'organisation, nous venons de fonder l'Union fédérale des Universités de France. Cette association toute philanthropique, inspirée par des sentiments profondément humains, comme vous le verrez par la circulaire que nous joignons à notre lettre, a pour but d'entretenir et de développer chez les jeunes gens ayant appartenu aux écoles de l'Etat les sentiments de progrès, de paix, de justice et de fraternité qu'on leur y a inculqués, afin qu'eux-mêmes ensuite, dans le champ de leur action, propagent pour le bien général de la société le culte de ces sentiments qui sont dans leur ensemble l'expression la plus haute de la morale républicaine.

Mais, quelle que soit la générosité de ses intentions, pour réussir, une telle entreprise doit avoir à sa tête un comité d'hommes influents, connus par leur amour du peuple et par leur dévouement à la cause publique; c'est pourquoi, monsieur, au nom des fondateurs de l'œuvre, je suis heureux de vous offrir et de vous prier d'accepter le titre de membre d'honneur du Comité de l'Union fédérale des Universités de France.

Le programme suivant, contenant les *vœux* de l'Association, accompagnait l'envoi de la lettre :

1° Amortir la haine qui trop malheureusement existe entre l'aristocratie financière et la classe ouvrière en associant publiquement l'une au relèvement de l'autre;

2° Faire aboutir un projet de loi tendant à remplacer les peines de prison par des peines de cellule qui, par l'isolement systématique et continuel des détenus, contribueraient à enrayer les progrès de la contamination criminelle;

3° Essai d'éducation artistique et littéraire par l'organisation en grand, dans toutes les cités importantes, de « Samedis d'auditions et de lectures populaires », avec le concours de MM. les professeurs des Facultés, des artistes des théâtres subventionnés et des élèves du Conservatoire;

4° Fortifier l'esprit de famille en organisant à Paris et dans tous les grands centres, avec le concours des sociétés musicales, dramatiques et lyriques, des concerts-festivals gratuits qui fourniraient aux pauvres gens l'occasion de goûter en commun, le dimanche, des distractions morales régénératrices des bons sentiments;

5° Création d'un livret d'épargne, de participation et de retraite, garanti par l'Etat, et suivant le travailleur dans tous ses déplacements;

6° Extension des droits civiques, en général, et du droit de vote, en particulier, à la veuve, mère de famille non remariée;

7° Interdiction formelle de la mendicité et, comme palliatif au rigorisme de la règle, création d'ateliers nationaux pour les infirmes capables de travailler.

Les premières adhésions, reçues en grand nombre sont accompagnées de lettres explicatives, que j'ai lues avec beaucoup de curiosité et d'intérêt. La plupart contiennent une approbation sans phrase. D'autres présentent des observations, des réserves, expriment des idées particulières. Et ce ne sont pas les moins instructives.

J'ai à peine besoin de vous dire que j'approuve chaleureusement ce sentiment généreux qui vous a inspiré l'idée de cette association, et que je partage la plupart des idées exprimées dans votre lettre.

J'aurai bien, à vrai dire, quelques réserves à formuler sur deux des vœux de votre association : l'adoption du régime cellulaire pour les détenus — régime dont je vois bien les avantages, mais dont je vois aussi la dureté, — et la création d'ateliers nationaux pour les infirmes capables de travailler.

L'expérience faite il y a cinquante ans des ateliers nationaux, dans des conditions différentes, il est vrai, ne me paraît pas avoir été bien heureuse.

Mais ces légères divergences ne sauraient prévaloir sur la sympathie que m'inspire l'ensemble de votre programme d'action, et c'est avec plaisir que je vous autorise à inscrire mon nom à côté de celui des bons citoyens, préoccupés des destinées de la patrie, qui ont adhéré à votre œuvre.

GEORGE DURUY.

****

Votre programme me paraît excellent, et il n'est pas un de vos « vœux » que je n'approuve ou que je ne reconnaisse digne d'être étudié.

JULES LEMAITRE.

Républicain et socialiste, je suis convaincu que l'instruction et l'éducation civique bien comprises doivent fatalement conduire à la revendication des *droits*, c'est-à-dire à une transformation sociale nécessaire.

JOHN LABUSQUIÈRE.

****

Je vous prie de croire à ma dévotion pour votre œuvre et pour les belles idées qui en sont les principes.

PAUL ADAM.

****

J'adhère à votre *Union fédérale des Universités*, et je trouve votre programme excellent. Je me demande s'il n'est pas un rêve. Mais je ne suis point l'ennemi des rêves, dans un pays où tant de gens dorment et ne rêvent pas.

F. DE RODAYS.

****

J'ai lu les extraits des statuts que vous m'avez communiqués, et je ne peux qu'en approuver l'esprit général, dont l'inspiration est sagement démocratique.

SULLY-PRUDHOMME.

****

Votre devise : « Le bien par et pour le peuple », qui résume admirablement vos tendances, correspond exactement aux miennes. On disait autrefois : *Vox populi, vox Dei*. Je crois que cela n'a pas cessé d'être vrai.

L'instinct du peuple ne le trompe point. C'est en lui que réside la vérité. Il s'agit seulement de la dégager.

Ce que j'entrevois de votre but me semble être justement d'apprendre au peuple la pratique du bien, en lui apprenant à se connaître soi-même. Je ne puis donc que vous approuver et vous assurer de tout mon concours.

GASTON MÉRY.

****

Le but que vous vous proposez, tel qu'il est énoncé dans l'article 4, répond trop bien à mes propres sentiments pour que je ne sois pas très heureux de pouvoir accepter le titre que vous voulez bien m'offrir; je vous envoie donc mon adhésion.

GASTON DOUMERGUE.

****

Il y a toutefois dans votre programme un article que je ne puis accepter. C'est celui-ci : *l'interdiction absolue de la mendicité*. Après la réalisation du socialisme, parfaitement; mais faudra-t-il qu'on meure de faim en attendant? La question est complexe.

CLOVIS HUGUES.

****

Je pressens que vous poursuivez le but d'améliorer le sort des pauvres gens, et, dans ces conditions, j'accepte avec reconnaissance de faire partie de votre comité. Je souhaite, sans oser l'espérer, que vos efforts aboutissent à un résultat quelconque.

G. COURTELINE.

****

La seule chose qui m'avait fait hésiter est l'inscription, sur votre programme, de l'abolition de la peine de mort, dont je ne suis pas partisan.

TH. DUBOIS.

****

Je vous livre mon nom, cependant, et de grand cœur, en songeant que les plus modestes efforts sont parfois les plus utiles, et que *le bien pour le peuple*, comme vous dites, réclame plutôt de braves gens que de grands hommes.

GEORGES D'ESPARBÈS.

****

Il est certain que ces hommes éminents ou distingués ne pensent pas de même sur bien des points. Si on les mettait aux prises, leur désaccord éclaterait. Et pourtant ils se rencontrent dans un commun désir d'amélioration sociale et de réformes. Ils sont pleins de « bonne volonté ». Ils s'entendent quant au but; le malheur est qu'ils diffèrent sur l'emploi des moyens!

Les lettres de refus qui sont arrivées à l'Union fédérale ne sont pas non plus indifférentes :

Un programme aussi général que le vôtre comporte une infinité d'applications particulières, que je ne sais pas plus prévoir que je n'y peux adhérer d'avance. Et je ne veux pas avoir, par la suite, peut-être, ni à me déjuger, ni surtout à vous décevoir.

PAUL HERVIEU.

****

Vos vœux, que je ne blâme point, me surprennent. Je n'ai pas du tout envie de faire campagne pour la suppression de la peine de mort. Je ne sais pas ce que c'est qu'un théâtre du peuple.

BARRÈS.

****

Je rends très volontiers hommage aux intentions dont s'inspire votre œuvre. Toutefois, outre que, n'étant pas ancien élève des lycées et collèges, je n'ai pas de qualité spéciale pour patronner l'association définie dans l'article 1er des statuts, je dois vous avouer que je ne trouve pas, dans les principes énumérés à l'article 4, les garanties nécessaires, à mes yeux, pour assurer « la lutte contre l'égoïsme » et « l'éducation morale du peuple ». Ni l'une, ni l'autre ne me paraissent, en effet, pouvoir être entreprises efficacement hors du christianisme et de la morale.

Dans ces conditions, et tout en souhaitant à vos efforts le succès que vous en espérez, je ne puis, vous le comprenez, m'y associer effectivement.

A. DE MUN.

****

Je ne suis pas tout à fait de votre avis, car je crois à l'efficacité des révolutions bien préparées.

GUSTAVE CHARPENTIER.

****

Nous avons demandé à M. Paul Webre s'il ne craignait pas, en sollicitant des adhésions dans tous les partis, de s'exposer à de fâcheuses déconvenues et de provoquer après coup des démissions, des protestations, des désaveux. Il nous a répondu :

« — Si nous frappons à toutes les portes, c'est que nous considérons qu'il n'est pas dans nos droits de choisir d'un côté plutôt que de l'autre ; c'est que l'œuvre pour laquelle nous avons travaillé, mes amis et moi, n'est à personne et qu'elle sera à tous ceux qui en comprendront l'utilité et voudront la défendre. C'est sur l'idée de l'institution que nous groupons les individus, et j'ai peine à croire que le plus exigeant d'entre eux puisse jamais se trouver offensé de ce qu'un autre ait pensé comme lui, à son insu. D'ailleurs, nous faisons de la philanthropie sans vouloir faire de politique... »

Je ne sais trop quel avenir est réservé à l'Union fédérale des Universités. Mais n'est-il pas piquant qu'elle ait pu réunir, autour d'un même programme, tant de personnalités et d'opinions divergentes ? Ce phénomène méritait d'être porté à la connaissance du public.

Le président de l'Union fédérale m'a pressé de lui prêter mon concours.

ILS SE RANGÈRENT EN CERCLE ET SE TINRENT IMMOBILES.

— Je n'y vois qu'un moyen, fis-je. Assemblez votre quincaillier, votre calicot, votre charpentier et tous vos artisans amateurs. Et convoquez-moi. J'écouterai leur odyssée, comme le calife Haroun al-Raschid écoutait les histoires merveilleuses des marchands de Bagdad. Et si elles sont intéressantes, je les conterai au public.

Rendez-vous fut pris pour le lendemain, 39, rue de Grenelle, au siège de la Société.

Ils m'attendaient dans un rez-de-chaussée élégamment meublé, garni de tapis moelleux et de fauteuils confortables. Des lampes y jetaient, à travers les abat-jour, une lueur rosée et discrète qui éclairait vaguement les tableaux, les gravures, les armes, les médaillons fixés aux murs et les rideaux de drap aux plis lourds. Il régnait en ces lieux un luxe intime et de bon aloi. On se sentait chez des gens « très bien ». Dès qu'ils m'aperçurent, ils se rangèrent en demi-cercle et se tinrent immobiles ; et leurs physionomies étaient si solennelles qu'elles me rappelèrent soudain l'image de ces trois anabaptistes qui traversent l'opéra du *Prophète*, en chantant des choses inintelligibles. Les civilités d'usage échangées, tout le monde s'assit. La séance commença...

Et le premier anabaptiste se leva et dit :

(Je reconnus en lui ce jeune homme, petit de taille, maladif et fluet qui m'avait parlé la veille.)

— Je me nomme Paul Webre ; je suis bachelier ; ma santé trop frêle m'écartant des besognes de l'usine, j'ai cherché une place d'employé. Après vingt tentatives infructueuses, j'ai réussi à franchir le seuil d'une compagnie d'assurances. J'y gagne cent francs par mois, avec lesquels je m'efforce de subsister, sans recourir à mes revenus. J'apporte de quoi manger le matin, du pain, du fromage, une tranche de charcuterie. Et je cause avec mes camarades du bureau. Quelques-uns sont mariés. Ce sont les plus malheureux. Mais ils réfléchissent que, s'ils quittaient leurs minces situations, d'innombrables postulants sont là, dans la rue, qui se les disputeraient. Et ils s'y cramponnent. Pourtant, leur haine couve. Tout en déjeunant sur le pouce, et durant cette heure de répit que nous accorde l'avare administration, nous passons en revue nos chefs et comparons leurs profits aux nôtres. Le directeur touche cent mille francs, le président du conseil est plusieurs fois millionnaire... Tandis que nous, morbleu !... Oh ! ces journées monotones ! Ce travail rebutant ! Ces fins de mois pénibles ! Et la certitude de piétiner sur place pendant vingt ans et d'être congédié sans ressources. C'est la misère en redingote râpée, la pire misère. J'ai essayé de grouper ces mécontents, mais ils ont peur de se compromettre et de se désigner aux coups de la compagnie. Et, courbés sur leurs paperasses, ils épient les grondements de la rue, prêts à y descendre, quand ils jugeront que la révolution va triompher. L'atmosphère où ces petits employés croupissent est saturée d'amertume, de rancœurs, de regrets, d'ambitions déçues. De terribles éruptions s'y préparent. Et je crie aux capitalistes : « Prenez garde ! Transformez ces ennemis en amis, ces anarchistes en conservateurs. Associez-les à vos bénéfices. Jetez-leur un gâteau de miel. Il n'est que temps !... »

M. le président de l'*Union fédérale* a positivement l'air d'un prophète. Il arrondit ses phrases. Il s'entraîne pour le rôle de tribun. Sa péroraison est saluée d'un murmure approbateur.

Et le second anabaptiste se leva et dit :

(C'était un beau mâle, aux yeux de velours, à la barbe avantageuse.)

— Je me nomme Robert Aubly. Je suis bachelier. J'ai cherché une place de *calicot*. Je ne l'ai pas dénichée sans peine, car elles sont rares et les quémandeurs nombreux. Enfin un inspecteur, décoré, cravaté de batiste, a bien voulu m'accueillir ; il m'a affecté au service de la province, qui consiste à ficeler des paquets, à les compter, à y coller des étiquettes, à en préparer l'expédition. Telle est ma tâche... Elle n'est pas récréative et n'exige aucun effort intellectuel. Elle me rapporte 50 francs de fixe ; et je suis nourri. Mes camarades et moi, nous sommes collectivistes ; mais nous ne l'avouons point, nous savons que ces idées subversives nous vaudraient un congé immédiat. Et d'ailleurs elles s'atténueront, je suppose, avec le succès. A mesure que nous monterons en grade, notre effervescence s'apaisera. Chez nous, les commis à 300 francs ne sont presque plus socialistes, ceux à 500 francs sont suspects d'opportunisme et les chefs de rayon, qui gagnent 30.000 francs par an, sont d'affreux réactionnaires. En attendant que je parvienne à ces situations élevées, je fais un brin de cour aux petites femmes. Il y en a de jolies, dans mon magasin. Elles ne sont pas farouches, ni intéressées, puisque je n'ai que 50 francs par mois à leur offrir ! L'amour est encore la meilleure chanson qui berce les tristesses de l'humanité. »

Ce discours est empreint de scepticisme. Il faut se méfier des apôtres qui ont les moustaches parfumées et les mains trop blanches.

Et le troisième anabaptiste se leva et dit :

(C'était un jeune homme au teint chaud, à la voix grasse et sonore, avec un je ne sais quoi qui trahissait son origine exotique.)

— Je me nomme le vicomte de Clarens ; je suis bachelier. J'ai traversé les mers, et suis allé à Cuba pour entrer en possession de mon patrimoine. J'y ai contemplé de barbares spectacles, et, revenu en France, j'ai juré de me consacrer à la question sociale. Mais quel métier choisir? J'ai assiégé les maisons de commerce ; partout rebuté, éconduit, ajourné, perdu dans la foule des solliciteurs. J'ai dû m'accommoder d'un emploi de scribe dans une banque aux appointements de soixante francs. Au bout de quelques semaines, j'étais écœuré, non pas de recevoir un si faible émolument, mais de me trouver en contact avec des êtres superficiels et vulgaires, insoucieux du progrès humain. Croyez-moi, monsieur, c'est un milieu déplorable. Pas d'idéal, pas de religion, un égoïsme féroce, une fatuité sans égale. Ces jeunes gens ne se préoccupent que d'avoir des gilets et des cravates de bon faiseur. Tout ce qu'ils possèdent passe à ces futilités, et quand ils vont exhiber leurs « huit reflets » aux Folies-Bergère, ils ne songent pas que le peuple se meurt de froid et de faim...

Il m'a paru que M. le vicomte de Clarens était un peu sévère pour les commis de finance, qui sont pourtant de charmants garçons.

Et le quatrième anabaptiste se leva et dit :

(Celui-là a le regard finaud, la rondeur communicative, l'accent et la voix de d'Artagnan... C'est un Gascon.)

— Je me nomme Jean Dupouy ; et j'ai voulu me mêler aux ouvriers, afin d'analyser leur état d'âme. Je me suis fait embaucher dans les Chantiers de la Gironde. Et là, j'ai vu que les manœuvres touchaient 3 fr. 50 par jour et les charpentiers 5 fr. 50 et que ces sommes étaient notoirement insuffisantes à les alimenter, eux, leur femme et leurs enfants. L'ingénieur des chantiers palpait 25.000 francs par an. Il arrivait à 11 heures, s'en allait à quatre ; notre journée commençait à sept heures du matin ; à sept heures du soir, elle n'était pas finie. Il était bouffi de graisse ; nous étions maigres comme des chats affamés. Dès qu'il avait le dos tourné, et parfois en sa présence, des murmures éclataient. Une grève s'ensuivit, qui fut réprimée par les procédés ordinaires. L'ingénieur eut le dessus...

Je ne puis m'empêcher d'insinuer :

— Mais, sans doute, cet ingénieur sortait d'une grande école ; il était instruit, savant dans son art?...

ET LE TROISIÈME ANABAPTISTE SE LEVA ET DIT...

Je m'attire cette réponse :

— Quel mérite avait-il, puisque ses parents avaient payé son éducation?

Et le cinquième anabaptiste se leva et dit :

(Il avait la mine futée, le verbe agile, la bouche spirituelle.)

— Je me nomme Duchier ; j'ai mes licences ; je suis quatrième clerc chez un huissier de Paris. Et contre les cent francs qu'il m'octroie libéralement, voici la besogne que je lui dois. Je m'amène à huit heures dans une étude sinistre, où l'on gèle l'hiver, où l'on étouffe l'été ; jusqu'à huit heures du soir je copie des actes. Et pour varier mes plaisirs, je m'en vais, de temps à autre, déposer des papiers timbrés à domicile. J'ai un immense territoire à parcourir

NOUS COUCHIONS A TROIS DANS UNE INFAME SOUPENTE.

de Billancourt à l'avenue de Clichy. On m'accorde, il est vrai, soixante centimes pour l'omnibus. Je mets les douze sols dans ma poche, et je pars d'un pied agile. La marche m'est expressément recommandée.

Au moins, ce clerc est gai. Ça me change ! Je lui demande s'il est las de son métier.

— Il n'est pas reluisant, je vous l'accorde. Et, pourtant, que de convoitises il suscite ! Je connais un agrégé de droit, un docteur ès lettres, un ancien préfet qui briguent ma succession et se consument dans l'impatience en ne la voyant pas venir assez vite !... Ceci vous montre qu'il est encore moins douloureux de rédiger des assignations que d'en recevoir !

Et le sixième anabaptiste se leva et dit :

(Son blême visage, son front précocement ridé exprimaient la mélancolie et le dérouragement.)

— Vous avez entendu des aventures édifiantes. Mais je pense que les miennes surpassent en étrangeté celles qui vous ont été narrées. Nos camarades ont reculé devant les tâches vraiment pénibles. Je les ai choisies. Ils n'ont pas cessé, en quelque façon, d'être des bourgeois. Je suis devenu un prolétaire. Je me suis fait garçon quincaillier. Et, voyez-vous, le garçon quincaillier est le paria moderne. Nul ne s'apitoie sur son sort. Car son sort est ignoré Auprès de lui, le *calicot* est un prince, le commis de banque un grand seigneur. Ils jouissent des biens de la terre. Ils sont aimés, ils sont plaints ! Le garçon quincaillier est sevré de ces joies, le garçon quincaillier est un martyr !

Il poussa un soupir au souvenir de tant d'épreuves et poursuivit :

— D'abord, il me fallut déposer aux mains d'un patron, 800 francs, représentant les frais d'apprentissage. Il me donnait 2 fr. 25 d'indemnité de nourriture, pour chaque jour de présence. Comme il fermait le dimanche à midi, il réduisait cette somme de moitié, supposant que je ne dînais point lorsque je n'avais pas travaillé. Nous couchions à trois dans une infâme soupente, sans lumière et sans air.

Il y a les ouvrières qui travaillent chez les grands couturiers.

Et de six heures du matin à neuf heures du soir, nous triturions le fer, la fonte, de lourdes matières qui nous déchiraient les doigts. Mes compagnons de chaîne étaient de pauvres êtres, résignés et passifs. Après dix ans de labeur, ils obtenaient des salaires de 70 à 80 francs par mois. En vain essayais-je de les entraîner à la révolte. Ils courbaient la tête sous le joug et préféraient ne pas s'en affranchir, par terreur de l'inconnu. Déçu par leur inertie, je devins garçon brossier. Et je vis que les femmes, employées à la confection des brosses, dans les villes de province, étaient payées à raison de 40 centimes les 1,000 trous, ce qui leur constituait des journées de quinze sous en moyenne. Ce scandale m'inspira un violent dégoût et je me fis garçon grillageur...

Un nouveau soupir lui échappa :

— Hélas! on a beau parcourir tour à tour les cercles du Dante. C'est toujours l'iniquité qui domine... C'est toujours l'Enfer.

Et je réfléchissais, à part moi, que les patrons chez qui ce bizarre ouvrier s'était introduit, avaient eu de l'agrément!

Les confessions sont achevées... Mais nos six anabaptistes ne se taisent pas. Ils discutent avec chaleur des plans de réforme, et, dans leurs discours sonne cet éternel refrain : la société est mal faite! La société est mal faite! Comment l'améliorer, cette société maudite? L'un réclame des ateliers nationaux. L'autre propose d'établir des livrets de retraite qui suivront le travailleur dans tous ses déplacements. Un autre veut rehausser le niveau moral du peuple par la musique, les arts, les lettres, et le convier à des représentations gratuites. Ce sont de jeunes avocats, M. Chesné, M. Renaud qui ont conçu ce projet. Ils le défendent avec une véhémence extraordinaire :

— Aidez-nous! aidez-nous à créer le théâtre des pauvres. Voyez ces signatures, ces noms illustres : Sarah Bernhardt, Coquelin, Réjane, Bartet, Mounet-Sully! Tous! tous!... Et c'est si simple! Nous organisons des soirées de gala, dont la recette nous permet d'inviter à *l'œil* les travailleurs! Ainsi se réalise la fusion rêvée, entre ceux qui possèdent et ceux qui n'ont rien, entre les heureux et les misérables...

J'ai fui, non sans difficulté, ces néophytes qui voulaient m'endoctriner. Et je me suis trouvé, à deux heures de la nuit, dans la rue de Grenelle. Elle était à ce moment provinciale et déserte. Les majestueux hôtels dont elle est bordée sommeillaient placidement. Là résidaient jadis, derrière ces murailles et ces portails blasonnés, sous ces toits en poivrières, la noblesse, le Parlement, le clergé, la fleur de l'ancienne France. Et c'est dans un de ces vieux logis qu'une douzaine de fils de famille, férus d'idées nouvelles, un peu extravagants, je l'accorde, mais sincères, artisans amateurs et généreux utopistes, agitent les problèmes de la France de demain.

N'est-ce pas un curieux phénomène et digne de retenir l'attention des philosophes!

VII

Ces demoiselles en grève

La couture est en ébullition.

Cette effervescence ne m'a pas surpris. Je sais, par les confidences de Florise Bonheur, ce qui se passe dans le monde de l'aiguille. C'est un véritable royaume qui renferme des individus de toutes sortes, une aristocratie et une plèbe. Il y a les ouvrières qui travaillent chez les grands couturiers de la rue de la Paix; il y a les confectionneuses des faubourgs qu'exploitent les entrepreneurs et les magasins de nouveautés. Celles-ci sont vraiment à plaindre, leur besogne est irrégulière et mal rémunérée. Elles peinent pendant douze ou quinze heures, dans leurs logis sans air et sans feu, pour gagner une pièce de vingt-cinq ou trente sous. Et comme il arrive souvent, ce sont les plus malheureuses qui se montrent résignées. Les confectionneuses souffrent en silence; et leurs compagnes, relativement privilégiées, qu'emploient les maisons de luxe, lèvent l'étendard de la révolte. C'est ce que m'expliquait hier l'amie de Florise, cette Charlotte Vernon qui l'a recueillie, et dont la physionomie doucereuse ne me séduit qu'à moitié. Je devine son ambition secrète. Elle désire que je l'abouche, elle et Florise, avec un patron qui les arrache à l'effroyable tyrannie des intermédiaires.

— On se ferait seulement, m'a-t-elle dit, trois ou quatre francs par jour. On pourrait vivre. Et puis, on éviterait le chômage. C'est moi qui me tiendrais tranquille à la place des grévistes! Enfin ça les regarde. Il en sortira peut-être du bien pour les travailleuses.

Ce bout d'entretien a éveillé ma curiosité et je me suis rendu à la réunion que tenaient à huit heures du soir les ouvriers tailleurs et les couturières, car, cette fois, les deux sexes se sont alliés dans de communes revendications.

Quand je franchis le seuil de la Bourse du travail, la salle commence à s'emplir. Elle est située dans les sous-sols et il y règne déjà une chaleur lourde et pénible. Que sera-ce tout à l'heure? Sur les bancs de bois, contre l'estrade qui sert de tribune, deux ou trois cents femmes et une vingtaine d'hommes sont assis. Je me faufile dans leurs rangs et m'empare d'une place libre à côté d'une jeune personne très pâle et très blonde que je me mets aussitôt en devoir d'interroger. Ma voisine n'est pas communicative. Elle répond succinctement. Elle répond toutefois. Et je découvre qu'elle aussi elle déteste les entrepreneuses. Elle m'en parle avec horreur :

— Oui, monsieur, elles nous paient huit sous ce qu'on leur paie huit francs.

Voilà bien les exagérations féminines! Mais elle n'en démord pas et je sens que son cœur est gros de rancunes. Autour de nous, les visages sont plus gais. On rit, on bavarde. Ces demoiselles sont venues ici par petits groupes, comme à une partie de plaisir. Cela les amuse d'occuper le public de leurs personnes et d'agiter le drapeau de la révolution sociale. Elles se reconnaissent de loin et s'interpellent :

— Léontine!... Psst!... Louison!

— Oh! ma chère, voyez donc!... Quelle toilette!... Quel chic!...

Louison et Léontine « s'amènent ». Et je dois avouer que Mlle Louison ne semble pas avoir trop souffert de la tyrannie patronale. Elle est vêtue d'une robe de drap bleu qui moule étroitement sa taille, d'un boléro qui fait saillir de la façon la plus aimable les promesses de son buste. Elle a des bijoux, des fourrures, des cheveux ondulés et vénitiens, je veux dire ornés de cette chaude coloration, où l'art a plus de part que la nature. Ses yeux sont caressants et vifs, ses lèvres peintes. Mlle Louison est ravissante. On l'accueille avec des transports d'allégresse. D'où je conclus que Mlle Louison doit occuper une haute situation dans la couture. Sans doute, y a-t-il un grain d'admiration jalouse dans cet empressement dont elle est l'objet. Auprès d'elle, j'aperçois de pauvres chapeaux de paille, des jupes crottées, d'humbles jaquettes, et des figures que le tourment de la lutte quotidienne a creusées. Et c'est vers ces dernières que va instinctivement ma sympathie.

Cependant, la sonnette a résonné. Un jeune homme, coiffé à la Paulus, le melon sur l'oreille, l'air un peu goguenard, s'adresse à l'assemblée.

— Citoyens, je vous ferai observer que la salle est basse. Vous devriez avoir l'amabilité de ne pas fumer. Vous n'êtes donc pas galants?

Cette observation excite le murmure approbatif des assistantes ; elle est immédiatement suivie de la constitution du bureau qui s'accomplit sans désordre. Le citoyen Maxime est élu président. Comme assesseurs on demande des dames. Mais les dames, soit inquiétude, soit timidité, ne sont pas disposées à se mettre en évidence. Enfin, une des manifestantes prend place à la table. La loi est satisfaite et l'on peut délibérer.

Le rapporteur du comité de la grève va communiquer aux camarades le résultat des négociations en cours. Ce rapporteur n'est point dénué de finesse. Il met en lumière les détails essentiels, il souligne d'inflexions et de gestes ironiques les réponses recueillies chez les patrons et les livre au mépris de l'auditoire. Ainsi la commission s'est présentée à M. Redfern qui a déclaré que ses ouvrières étaient heureuses et qu'il entendait les protéger contre les meneurs et leur donner une escorte pour se rendre du logis à l'atelier et de l'atelier au logis. M. le rapporteur est stupéfait d'une telle audace. Il ne trouve pas de mots pour exprimer son indignation. Elle est d'ailleurs partagée par tous les assistants, sans exception, et une immense huée flétrit l'inqualifiable attitude de M. Redfern. Un autre mot, habilement détaché par M. le rapporteur, obtint le plus franc succès. Il raconte que la commission s'est rendue auprès d'une riche patronne de la rue de la Paix qui s'est écriée naïvement :

Un jeune homme coiffé a la Paulus, le melon sur l'oreille, s'adresse a l'assemblée.

— Mes ouvrières travaillent dix heures par jour, la belle affaire ! Je travaillais plus qu'elles autrefois. Et quand leur besogne est achevée, elles n'y pensent plus. Elles n'ont pas, comme moi, des *soucis moraux*.

Soucis moraux! le mot fait fortune. On se roule dans la salle. Mille voix flûtées répètent, parmi les éclats de rire :

— *Soucis moraux!* Elle a dit *soucis moraux!*

— Tais toi, mon cœur!

— *Soucis moraux!* Elle ne s'embête pas la patronne! On changerait bien avec elle.

Oui! les grévistes sont de belle humeur. Mais attendez, leur joie va se tourner en colère. Le président donne lecture d'une lettre qu'il vient de recevoir. Elle lui est adressée par les ouvrières de la maison Paquin qui se plaignent d'être retenues ce soir jusqu'à neuf heures dans les ateliers, alors qu'elles étaient libres à sept heures les jours précédents. Plus de doute! M. Paquin emprisonne ses esclaves pour les empêcher de se rendre à la réunion. Alors, la tempête éclate. Ce sont des vociférations, des poings tendus, des mouvements furieux. Une femme glapit :

— Celles de chez Paquin sont des imbéciles. On ne se laisse pas enfermer.

— Imbéciles! Imbéciles!

D'immenses applaudissements accueillent cette boutade qui est aussitôt reprise et développée par une rédactrice de la *Fronde* et par une rédactrice du *Petit Sou*. Ces deux oratrices, voyant que le feu s'allume, y apportent leurs fagots. La citoyenne Vérone, de la *Fronde*, est d'une maigreur ascétique; la citoyenne Sorgue, du *Petit Sou*, est presque trop grassouillette. Elles prononcent à peu près le même discours, l'une sans gestes, avec énergie et simplicité; l'autre, en l'appuyant de bondissements, de redressements superbes. La citoyenne Sorgue déploie une véhémence à la Mirabeau; malheureusement ses transports s'exhalent par le canal d'une voix de fausset imperceptible, encore qu'exaspérée. On ne saisit pas ce qu'elle prêche. Mais on le devine. Elle adjure les grévistes de résister jusqu'au bout, de déployer une invincible ténacité; elle leur annonce le succès, avant-coureur de victoires plus éclatantes, première étape franchie. Et la citoyenne Sorguc s'égosille. Elle secoue sa crinière léonine. L'enthousiasme luit dans ses yeux. On l'acclame. Et l'on acclame aussi la citoyenne Michel, pi-

ELLES MONTENT SUR LES BANCS.

quante brune, ma foi! qui déclare avec furie qu'il faut empêcher les ouvrières de se rendre au travail demain matin.

— Trouvez-vous devant la porte. Empêchez-les d'entrer. Demandez aux tailleurs, nos camarades, de vous aider.

Et elle ajoute, entraînée par l'enchaînement logique de ses pensées :

— La femme doit s'unir à l'homme,

parce que ce sont deux êtres faits pour marcher ensemble.

LA QUÊTEUSE ÉTAIT GENTILLE.

Sa harangue s'achève sur cette réflexion qui soulève une inextinguible hilarité.

— Elle a raison!

— J'te crois!

Je remarque que Mlle Louison est fort égayée; sa bouche s'ouvre comme une grenade en fleur et découvre des dents appétissantes, des dents de neige. Elle partage évidemment sur l'union des sexes les convictions de l'honorable préopinante.

Cependant l'atmosphère s'échauffe de plus en plus. Des orateurs succèdent aux oratrices. Ils sont moins intéressants. On discerne en eux des politiciens professionnels. Les lieux communs qu'ils débitent, ils les produisent pourtant, quels que soient le lieu et l'occasion. Ces redondances constituent proprement leur répertoire. Je remarque toutefois que les femmes y prennent du plaisir. Elles ne sont pas encore blasées sur ce genre d'éloquence. Et puis cela les flatte de faire acte de citoyenne et même de « citoyen »; il leur semble que les temps sont révolus, où elles pourront, comme les hommes, descendre dans l'arène électorale, et par leur bulletin de vote, gouverner l'Etat. Elles y apporteront une fièvre extraordinaire, si j'en juge par celle qui les dévore ce soir. Elles ne tiennent pas en place. Elles se bousculent, elles montent sur les bancs. Ma petite blonde, qui paraissait si timide, allonge un coup de parapluie à sa voisine et lui ordonne de s'asseoir. Et ce sont d'aigres disputes.

— Soyez polie, au moins!

— Je vous défends de me taper.

— En voilà des manières.

S'asseoir! Il n'en est plus question. On s'étouffe. On s'écrase. Le président, par bonheur, propose la motion qui doit clore l'assemblée. Il s'agit de convoquer les ouvrières pour le lendemain, même local, à deux heures.

— Que celles qui approuvent la convocation lèvent la main.

Huit cents menottes se lèvent. Oh! le surprenant spectacle! Huit cents mains frémissantes, quelques-unes gantées, quelques-unes rouges et sales, la plupart proprettes, fluettes, agiles, mains de Cendrillons ingénieuses, de petites fées parisiennes. Et dans ces huit cents mains tendues j'ai aperçu brusquement l'image vague encore d'un état de choses inconnu, mystérieux, le symbole des espérances — ou des périls — de l'avenir.

Les assistants se sont dispersés. Au bas de l'escalier, ces demoiselles sollicitaient leur générosité pour la caisse de la grève... Vous l'avouerai-je?... J'y suis allé de ma « rotinette »... La quêteuse était gentille, et elle avait une certaine façon de vous regarder...

VIII

L'Entrepreneuse

J'ai reçu la visite de Florise Bonheur et de son amie Charlotte Vernon. Elles m'ont raconté les misères qui les accablent, du

Mme POIROT HABITE N° ..., RUE CAULAINCOURT.

fait des entrepreneuses. Vous savez que l'on désigne sous ce nom les femmes ou les hommes — car il y a aussi des entrepreneurs — qui se chargent de faire exécuter les ouvrages de couture pour le compte des grands magasins. Ces intermédiaires prélèvent une énorme commission sur le travail des petites ouvrières. Celles-ci se contentent d'un salaire dérisoire ; elles ne se défendent pas ; au lieu de se solidariser, de tenir leurs prix dans l'intérêt commun, elles se disputent ces besognes mal rémunérées.

— Nous sommes stupides, m'ont-elles dit, nous devrions nous mettre en grève ; mais, que voulez-vous, nous n'avons personne pour nous conduire ; et nos camarades de la rue de la Paix ne s'occupent pas de nos affaires. Elles gagnent 5 francs par jour et elles se plaignent ! Nous serions joliment heureuses d'être à leur place !

Lorsqu'elles commencent à parler des entrepreneuses, Charlotte et Florise ne tarissent point. Les vieilles rancunes dont elles débordent leur communiquent une sorte de verve la plus comique du monde. Ce qu'elles content est fort triste, mais elles le content si drôlement ! Florise surtout est douée du sens caricatural ; elle ne geint pas comme Charlotte ; elle s'anime, entre en fureur et déchire à belles dents les maudites entrepreneuses, ses ennemies. Il en est une qu'elle hait de tout son âme, une certaine dame Poirot dont l'âpreté est, paraît-il, scandaleuse. Mme Poirot par-ci... Mme Poirot par-là... Les oreilles de Mme Poirot doivent tinter, car il n'est question que d'elle dans notre entretien.

— Croiriez-vous, monsieur, que Mme Poirot nous a payé trente-huit sous pour cinq jupons !

— Trente-huit sous, appuie la complaisante Charlotte.

— Trente-huit sous ! Est-ce croyable ! Ça réprésente sept sous le jupon !

— Et la ganse qu'il faut déduire ? reprend aigrement Charlotte. Dix sous de ganse que nous devons fournir...

— Reste vingt-huit sous.

— Et le fil ? et les aiguilles ?

— Vingt-cinq sous ! Cinq jupons pour vingt-cinq sous, Mesdames, messieurs, qui veut des jupons ? On vous en fabrique pour cinq sous ! Ce n'est vraiment pas la peine de s'en passer !

— Elle vous a tout de même un sacré toupet, Mme Poirot !...

— Et c'est sale, et c'est dégoûtant chez elle ! Chaque fois que j'y vais, je mets du vinaigre sur mon mouchoir.

— Mme Poirot n'est jamais peignée... Une souillon...

— Pourtant, elle en a, de la galette !

Et Charlotte qui lit quelquefois le *Réveil de Montmartre*, organe socialiste du XVIIIe arrondissement, ajoute sentencieusement :

— Elle se nourrit des sueurs du peuple.

Je ne serais pas fâché d'aborder cette Mme Poirot qui excite une aversion si violente et d'obtenir d'elle des explications sur son infâme trafic. Ce n'est pas que je doute de la sincérité de Florise et de Charlotte, mais enfin qui n'entend qu'un son... Et puis, les femmes sont étrangement passionnées ; et les jugements qu'elles expriment dépendent le plus souvent de leurs nerfs.

— Je vais aller voir votre Mme Poirot. Où demeure-t-elle ?

Elles se regardent l'une l'autre et partent d'un éclat de rire.

— Elle est bonne, celle-là ! elle est bien bonne ! s'exclame Florise.

— Vous verrez un joli chameau !

— Eh bien ! Charlotte, tu n'es pas honteuse de dire des mots pareils ?

Florise est toute rouge. Elle a des pudeurs inattendues et qui me divertissent toujours. Evidemment, le vocable de « chameau » éveille dans son esprit des idées inconvenantes et qui m'échappent. Elle trouve enfin que ce n'est pas là une expression distinguée et dont il soit convenable d'user entre gens du monde. Elle a ajouté gravement :

— Mme Poirot habite n°..., rue Caulaincourt, elle ne sort jamais le matin... Ah ! nous connaissons le chemin de sa maison !

Je me suis rendu, hier, auprès de Mme Poirot. Elle loge dans une vaste bâtisse où sont nichés plusieurs douzaines de petits ménages.

J'ai déjà noté le caractère de ces immeubles construits nouvellement dans les quartiers populeux et qui sont tout ensemble prétentieux et misérables. L'architecte a essayé d'y introduire une note d'art. Il a semé dans l'escalier des ornements modern-style et l'a tapissé d'une toile à fleurons imprimés, qui devait être agréable à l'état de neuf. Mais, faute d'entretien, elle s'est déchirée, éventrée, et pend sinistrement le long des murs. Les locataires peu soigneux l'ont indignement souillée. Elle porte les traces de leurs doigts malpropres et des inscriptions tracées au charbon et empreintes de la plus détestable vulgarité. Un mot y domine, le mot de cinq lettres qui n'est héroïque que sur les champs de bataille.

Au quatrième, à gauche, j'ai tiré le pied-de-biche. Et, d'abord, nul n'a répondu à mon appel, quoiqu'un bruit de voix parvînt nettement à mon oreille et me prouvât que le logement n'était pas vide. J'insistai... Je frappai du poing contre la porte. Elle s'entre-bâilla et j'aperçus Mme Poirot. On ne m'avait point trompé. Mme Poirot est hideuse.

Cinquante ans, des cheveux gris, emmêlés, avec des mèches folles qui lui pendent dans le cou ; un teint couperosé ; des yeux clignotants et louches, hypocritement voilés sous des paupières tombantes, mais qu'on devine aigus et méchants ; une poitrine écroulée dans un caraco graisseux ; des mains courtes et noires ; des hanches difformes, recouvertes d'un jupon de laine au ton pisseux ; des bas blancs, des savates avachies. Telle m'apparut Mme Poirot. Et son accueil fut loin d'être aimable. Elle me dévisagea d'un air soupçonneux.

— Qui demandez-vous ?

Je saluai poliment :

— Mme Poirot ? je vous prie.

— C'est ici... et après ?...

J'avais préparé une histoire vraisemblable ou à peu près, dans le but d'apaiser sa défiance et d'expliquer ma démarche. Je lui exposai que j'avais besoin d'une entrepreneuse habile qui pût établir, à peu de frais, des costumes d'enfants : vareuses, pantalons, pardessus, pour le compte d'une œuvre de charité.

— Il s'agirait, continuais-je, d'une commande importante et qui se renouvellerait périodiquement.

La mégère hésite, visiblement tentée par l'appât d'un gros bénéfice. Mais une crainte indéfinissable la retient. Elle n'ose se livrer.

— Qui est-ce qui vous a donné mon adresse ?

Je ne veux pas trahir Florise et Charlotte. Je m'embrouille dans des discours un peu confus ; et Mme Poirot, à qui mon embarras n'échappe point, sent redoubler ses inquiétudes. Elle me jette des regards sournois.

— Tout ça ne m'apprend pas de quelle part vous venez.

Elle me pousse dehors. Elle va m'éconduire, si je ne l'intimide par mon attitude. Alors j'avance d'un pas et d'une voix ferme, la fixant bien en face :

— Je suis chargé d'une enquête sur le travail de l'ouvrière à Paris. Et j'ai mission de vous interroger.

Mission de qui ? Du préfet de police sans doute ?... Je suis de la « boîte » ! La mégère a brusquement pâli. Et dans ses yeux hostiles flotte une lueur de timidité. Elle estime qu'il serait dangereux de persévérer en son refus ; sa résistance est brisée. Elle s'efface et me laisse franchir le seuil de son taudis. Car c'en est un. De la cuisine à main droite, s'exhalent d'abominables relents de friture et d'oignon brûlé. L'étroite salle à manger où je pénètre est un monstrueux chaos d'objets disparates. Sur la table, des tasses vides, un filtre de fer-blanc, quelques morceaux de sucre gisent épars : la desserte du café au lait du matin. Trois mauvais fauteuils, six chaises de paille sont chargés de monceaux d'étoffes et de vêtements.

Mme Poirot débarrasse avec une obséquieuse prévenance un de ces sièges et me l'offre. Mais je refuse de m'y asseoir. Et je demeure debout, dans l'attitude résolue et froide d'un magistrat qui a dessein d'accomplir son ministère. J'ai tiré de ma poche un crayon, un carnet. Et cet appareil achève de troubler Mme Poirot. Décidément, elle n'a pas la conscience tranquille. Elle change de tactique. Son humeur brutale fait place à une feinte douceur. Elle sourit ; elle prend un ton mielleux ; elle se prépare à me « rouler ». Mais je n'attends pas qu'elle dévide la série de ses mensonges. Je l'interpelle rudement :

— Est-il vrai que vous payiez à vos ouvrières, pour la façon de cinq jupons, 1 fr. 40 centimes ?

Elle proteste avec énergie contre cette allégation. Ce n'est pas 1 fr. 40 qu'elle leur donne, mais 1 fr. 90...

— Et les dix sous de ganse que vous négligez de diminuer ? Et le fil ? Et les aiguilles ? Il leur reste à peine vingt-cinq sous ! Vous croyez qu'une fille honnête peut gagner sa vie à ce métier ?

Mme Poirot ne pensait pas que je fusse si exactement documenté. Elle ne nie pas, elle biaise, elle plaide les circonstances atténuantes. Ce sont des jupons très simples et cousus à la diable. Et puis les confectionneuses les repassent à des sous-confectionneuses qui, pour deux sous, bâtissent les « fonds ».

— Pour deux sous ?

— Oui, pour deux sous, la poche et la doublure...

Je demeure stupéfait. Voilà les conditions que subissent les malheureuses en quête d'un morceau de pain ! Il semble que Mme Poirot ait lu dans mon esprit. Elle ajoute :

— Que voulez-vous, monsieur, je ne les oblige pas d'accepter. Il n'y a pas assez d'ouvrage pour toutes celles qui en cherchent. Elles sont encore bien contentes d'en trouver. Je n'ai qu'à choisir...

L'entrepreneuse a repris son assurance. Au fond, elle croit user d'un droit légitime, en exploitant les petites couturières. Elles se battent pour un grain de mil. Tant pis pour elles ! C'est la loi de l'offre et de la demande. Que, demain, la consommation augmente, que la main-d'œuvre se fasse plus rare et les intermédiaires pâtiront.

— Enfin, lui dis-je, ce jupon que vous payez cinq ou six sous, les magasins vous les paient, à vous, 2 francs ! J'ai lancé ce chiffre au hasard. Mme Poirot le conteste avec vivacité.

— Ah, non ! pas deux francs ! Trente sous seulement !

Elle s'est « coupée » et m'a appris ce que je désirais savoir. Ainsi, l'entrepreneur quintuple à son profit personnel le gain de la pauvresse qui s'épuise à l'enrichir. Il est le frelon qui dévore le miel des abeilles. Infortunées abeilles ! Je ne puis me tenir de montrer à Mme Poirot la pitié qu'elles m'inspirent.

— Vous n'êtes pas honteuse d'abuser de leur détresse ? Vous les réduisez à la famine ! Vous spéculez sur leur désespoir, sur leur manque de courage à endurer la faim et le froid. Vous vous dites qu'à bout de force elles céderont. Et ce que vous faites n'est pas malin. Car, un de ces jours, les magasins, las de vous voir réaliser sur leur dos de scandaleux bénéfices, baisseront leurs prix. Et ce jour-là...

Mme Poirot m'interrompt par un déluge d'aigres récriminations.

— Et notre responsabilité ! Et nos risques ! Si l'étoffe est abîmée. Si les effets sont volés ou perdus ? Qui est-ce qu'on poursuit ? A qui s'en prend-on ? C'est à nous, pas vrai ?

Elle ajoute avec une intention venimeuse :

— Ce n'est pas à celles qui nous mouchardent... à Florise Bonheur ou à Charlotte !...

La terrible commère est rentrée dans son naturel. Elle suffoque de colère. Ses membres sont agités de mouvements convulsifs. Elle bave. Elle trépigne. Je fuis ses glapissements qui me poursuivent à travers la cour et dans la rue...

Et voici que des réflexions me montent à l'esprit. En forçant dans son antre l'horrible femme, en lui arrachant l'aveu de ses pratiques, n'ai-je pas exposé mes petites amies à un gros danger ? La fureur que j'ai déchaînée va se tourner contre elles. Mme Poirot ne s'y est pas abusée ; l'histoire des cinq jupons lui a ouvert les yeux ; elle devine à quelle source j'ai puisé mes renseignements. Et gare les représailles ! Non seu-

L'ÉTROITE SALLE A MANGER OU JE PÉNÈTRE EST UN MONSTRUEUX CHAOS.

lement elle chassera de chez elle Charlotte et Florise, mais elle les signalera aux entrepreneuses du quartier. Son implacable ressentiment les traquera en tous lieux. Ce sera une guerre au couteau, une guerre sans merci. J'ai commis une sottise et dont les conséquences pourront être incalculables. Que faire pour y remédier et quel secours offrir aux deux victimes de mon imprudente curiosité? J'étais assailli de ces pensées qui ressemblaient vaguement à des remords, lorsqu'en traversant la place du Havre, j'aperçus les verrières et les coupoles des magasins du Printemps. Une inspiration soudaine me poussa vers cet établissement et je résolus d'appeler à mon l'aide l'important personnage qui le dirige, M. Jules Jaluzot.

Il m'a reçu dans son luxueux cabinet, orné de marbres polychromes et de colonnes dorées. M. Jules Jaluzot, que je n'avais pas eu l'avantage d'approcher jusqu'à ce jour, est un homme aimable, circonspect, avisé, rompu aux affaires. Tout en caressant d'une main distraite sa barbe grise qu'il porte longue et soignée, il a daigné m'écouter avec bienveillance. Il m'a conté son histoire et ne m'a pas laissé ignorer qu'il était le fils de ses œuvres et que la situation économique et sociale de la France avait beaucoup changé depuis le temps déjà lointain ou modeste calicot, il débutait dans une maison de la rue Montmartre. A cette époque les employés étaient dociles, respectueux des droits du patron, empressés à lui plaire. Aujourd'hui et quoique leur sort soit plus prospère qu'il était jadis, ils s'en déclarent mécontents, ils s'agitent, s'organisent, se constituent en syndicats défensifs et agressifs. Ils sont dans un état de révolution latente, animés de dispositions hostiles.

Et M. Jaluzot sourit en m'énumérant les mille tracas que comporte l'exploitation de son entreprise. Il les considère, à ce qu'il me semble, avec un certain détachement. Il a la philosophie des vieux matelots qui, ayant bravé les orages de la mer, considèrent, du port, les navires en péril et les vagues écumantes. Quoi qu'il advienne, M. Jules Jaluzot n'a rien à craindre, et sa fortune est solidement assise. On sent que son pessimisme est, en ce qui le concerne,

Il m'a reçu dans son luxueux cabinet.

exempt d'inquiétudes. Il laisse les événements suivre leur cours. Aussi bien, ne pourrait-il les en détourner. Ah ! s'il le pouvait ! Mais quoi ! cela ne dépend point de sa volonté unique. Après nous le déluge ! Il entre un peu de fatalisme dans la résignation du philosophe. J'ai dit à Mr. Jaluzot :

— Voulez-vous accomplir une bonne action et tenter une expérience psychologique ?

Je lui ai narré l'aventure de Florise et de Charlotte, et l'ai supplié de leur donner directement de l'ouvrage et de les arracher à la tyrannie des intermédiaires. Il m'a répondu :

— Je vous entends. Vous désirez que vos protégées, après avoir supporté le joug des entrepreneuses, deviennent entrepreneuses elles-mêmes ?

— Vous y êtes...

— Que d'exploitées elles se fassent exploiteuses ?

— Vous m'avez compris...

— Et qu'ayant été longtemps opprimées, elles oppriment à leur tour les petites camarades ?

L'œil de M. Jaluzot a pris une expression méphistophélesque...

— En d'autres termes, vous souhaitez qu'elles se haussent d'un cran dans l'échelle sociale ? Envoyez-les moi lundi matin, à dix heures.

Et je sortis, me confondant en remerciements, du grand cabinet de marbre et d'or...

IX

Chez le Commissaire

Oh ! ce commissariat de police de Montmartre...

Il est situé au bas d'une rue noire et pauvre qui, dès que la nuit tombe, présente un farouche aspect. Ses murs jaunes que la pluie et le brouillard ont salis, ses fenêtres grillagées, sa lanterne rouge, son drapeau fripé éveillent de mornes images dans l'esprit des promeneurs. Quelques-uns pressent le pas en longeant le seuil, d'autres le franchissent avec des regards défiants et des gestes qui hésitent.

Oh ! ce commissariat de Montmartre...

C'est là qu'elle demeure, Elle, la terreur des misérables qui n'ont pas la conscience bien nette, cette puissance anonyme qu'ils nomment la Rousse dans leur argot, et qui s'offre à leurs yeux avec l'appareil des menottes, du panier à salade, de la prison préventive et, tout au bout, avec la vision du magistrat instructeur et de la chambre correctionnelle...

J'entrai...

Un relent indéfinissable me prit à la gorge ; l'odeur fade et violente qui s'exhale des endroits publics où la foule s'entasse et qui sont mal ventilés, et que l'on respire dans les corps de garde, dans les ateliers et aux poulaillers des petits théâtres. Devant moi, assises sur des banquettes, j'avisai une douzaine de personnes que je jugeai, d'après leurs costumes, appartenir à la plus basse condition. Elles avaient une contenance résignée et timide et attendaient leur tour d'être interrogées. C'étaient des ouvriers en bourgerons et en casquettes, des filles du peuple, serrées dans des châles de laine qui leur servaient à la fois de manteaux et de coiffures, et de tristes vieilles femmes, réduites à la détresse et dépenaillées. Immobiles, saisis d'une sorte de crainte respectueuse, tous restaient silencieux. Ils ne s'amusaient pas à lire les affiches dont les murailles du poste étaient ornées. En vérité, elles n'étaient guère affriolantes, ces affiches; la plus pittoresque figurait, de face et de profil, un homme coupé en morceaux; et la vue de ce cadavre sans nez ajoutait une impression sinistre à la banalité naturellement maussade du lieu.

Mais le lecteur ne sait pas quelle raison m'y amenait, hier, à deux heures de l'après-midi. Je lui avouerai donc que j'y venais rejoindre Mlle Florise Bonheur. Non pas certes que ma jeune amie ait maille à partir avec la justice; elle ne se querelle qu'avec les membres de sa famille. Ele n'a point à se louer d'eux. Après l'avoir chassée, ils la persécutent. On se rappelle le bienveillant accueil que me fit M. Jaluzot, quand je lui recommandai Florise et Charlotte. Il a fort galamment tenu sa promesse. Une semaine ne s'était pas écoulée depuis ma visite, qu'il leur envoyait un lot de peignoirs à confectionner. Florise en eut une grande joie. Elle était au comble de ses vœux.

« Des peignoirs à 3 fr. 25, m'écrivait-elle, c'est magnifique... les mêmes que l'entrepreneuse, Mme Poirot, nous paie dix-huit-sous. »

Mais, deux jours plus tard, j'ai reçu une nouvelle lettre moins radieuse.

« Je réclame à maman ma machine à coudre, car le travail est pressé. Elle ne veut pas me la rendre. Charlotte n'en a qu'une; elle en a besoin. Que faut-il que je fasse? Je suis allé trouvé M. le commissaire de police. Il m'a dit que ça regardait le juge de paix. Alors je me suis mis à pleuré, parce que toutes ces affaires, n'est-ce pas, ça me

Elle traverse la salle,
se réfugie dans un angle et s'y blottit.

« tourne les sangs. Il m'a dit qu'il me convoquerait, nous deux maman, pour demain, et qu'on s'espliquerait devant lui et qu'il tâcherait de la décider. C'est bien painible de se disputé devant le monde; mais si je n'ai pas ma machine, je ne peux pas confectionné les peignoirs... M. Jaluzot ne sera pas content et ne me donnera plus d'ouvrage. Croyez-vous que maman est vilaine de m'attiré ces désagréments? »

Ces doléances, mal orthographiées, griffonnées sur un mauvais bout de papier, trahissaient un désespoir sincère et qui m'a ému. Je résolus d'en toucher deux mots à M. le commissaire. D'ailleurs, en accomplissant cette démarche, j'avais chance de recueillir des observations utiles. Ma curiosité et mon humeur charitable y étaient intéressées. C'était double profit.

Et voilà pourquoi hier, à deux heures, je me suis transporté au poste de police de Montmartre.

J'ai prié le commis-greffier de remettre ma carte à son chef.

— Il est sorti. Il va rentrer tout à l'heure.

— C'est bien. Rien ne presse.

Une place était libre sur un banc. Je m'y suis faufilé. Et j'ai tâché de noter les scènes qui se déroulaient autour de moi.

La plupart sont désolantes. Tous mes voisins ont à articuler quelque grief et, dès qu'on les mande près du bureau, ils se répandent en d'amères récriminations. Un forgeron s'avance, la main droite emmaillotée, et il expose son cas. Il s'est blessé en remuant des outils. Il réclame une indemnité au patron qui l'emploie et qui le renvoie à la Compagnie d'assurances. Celle-ci lui attribue une somme dérisoire : dix-huit francs; et, malgré ses réclamations, elle s'en tient à ce chiffre. Il voudrait plaider et ne sait comment s'y prendre.

— Vous comprenez, je suis malade depuis quinze jours. Ça vaut plus de dix-huit francs. Mais je ne connais pas la loi.

— TU INSULTES TA MÈRE... GUEUSE!... GUEUSE!...

Le secrétaire l'écoute d'une oreille un peu distraite et, sans interrompre sa besogne :

— Adressez-vous au juge de paix.

— Cependant...

— Il n'y a pas de « cependant!... » Cela n'est pas de notre ressort...

C'est un arrêt sans appel. L'homme salue et s'en va. Une brunette, assez proprement nippée, lui succède. Elle désire retirer des fonds de la Caisse d'épargne. Mais elle les réclame en vain. Il lui manque des pièces, des certificats d'identité.

— Voici une déclaration signée de mon père.

— Où est-il votre père?

— Il est décédé.

— On ne légalise pas la signature des morts.

— Où faut-il que j'aille?

— A la Caisse d'épargne.

— J'y suis retournée trois fois.

— Ce n'est pas ma faute.

L'infortunée roule des yeux ahuris. Elle ne comprend pas qu'on lui refuse un argent qui lui appartient et dont elle a, je suppose, un besoin pressant. Pensive, elle s'éloigne, sa feuille entre les doigts. Elle va refaire le chemin qu'elle a déjà parcouru, se heurter, pauvre mouche affolée, à d'autres guichets de verre, essuyer d'autres bourrades; et le soir, les pieds meurtris, elle regagnera son logis sans feu, ayant perdu sa journée en démarches superflues.

— Vraiment, marmonne le secrétaire (qui a l'âme compatissante malgré la brusquerie de ses propos), on devrait simplifier les formalités administratives.

Mais un fracas interrompt ses réflexions judicieuses. La porte s'est ouverte. Une femme surgit, éperdue, échevelée, en criant :

— A l'assassin! Il veut me tuer! Arrêtez-le!!

Elle traverse la salle, se réfugie dans un angle et s'y blottit, comme une chienne battue. Elle est effrayante. Son jupon en lambeau, son corsage déchiré, ses joues griffées et sanglantes montrent qu'elle vient de subir un violent assaut. Elle bégaie :

— C'est mon mari...

Elle n'achève pas. Sa voix expire. Elle l'aperçoit qui vient d'entrer. Et sur ses traits apparaissent les signes d'une indicible épouvante. Ses lèvres sont agitées d'un tremblement convulsif; ses yeux ont une expression hagarde; elle voudrait s'anéantir, s'abîmer sous le plancher. Lui, cependant, s'est campé au centre de la pièce, insolent, féroce, le chapeau sur la nuque, se dandinant comme Lantier au quatrième acte de l'*Assommoir*. Il darde sur sa victime un regard aigu, aussi dur, aussi coupant qu'une lame d'acier. Et elle s'effondre, elle verdit; tout son corps n'est qu'un frisson douloureux. Et je songe en voyant ces ennemis face à face, au déjeuner du boa du jardin des Plantes, le boa s'avançant la gueule béante, implacable, vers le lapin médusé...

Maintenant, les explications commencent, embrouillées, confuses, coupées de gémissements. Elle l'accuse de la laisser sans le sou. Il incrimine ses mauvaises mœurs.

— Je suis cocher de fiacre, pas vrai!... Je trotte tout le jour pour ramasser de la galette. Et pendant ce temps madame se fait culbuter...

— Puisque ça vous déplaît de vivre ensemble, insinue le secrétaire, divorcez!

— Je me suis marié, hurle l'automédon, c'est pour avoir une épouse.

Et, hypocritement, il feint de s'amender :

— Allons! oust! rentre à la maison : j'vas te donner ce qu'y te faut.

Mais elle discerne le sens inquiétant et obscur de cette phrase et, suppliante, elle s'accroche au tuyau de poêle.

— Oh! non, jamais. Oh! non! J'te connais trop! J'suis perdue!...

A ce moment, on est venu m'avertir que M. le commissaire de police m'attendait. Et je me suis arraché à ces débats domestiques.

Le cabinet de M. le commissaire de police est luisant, ciré, sévère, tendu de papier sombre, meublé d'acajou, tapissé d'une carpette verdâtre, genre gazon. Pas un grain de poussière ne souille la cheminée, ni la pendule de marbre, ni le buste de la République, ni la moleskine de la table, ni le velours des fauteuils. Et M. le commissaire, aussi propre, aussi net que son mobilier, a éveillé tout de suite ma sympathie. Il m'a semblé énergique et bourru, — ce sont là, si l'on peut dire, des vertus professionnelles — mais non point dépourvu de cordialité. Il y a dans sa parole brève, dans le pli héroïque et familier de sa moustache, une sorte de bonhomie robuste et dont j'ai senti le prix. C'est comme cela, et comme cela seulement, qu'un commissaire de police doit être aimable. Il ne saurait avoir des grâces efféminées. Mais souvent la bonté se dissimule sous un rude vêtement. Et j'ai deviné, aux premiers mots de M. le commissaire, que le contact des souffrances humaines ne l'avait pas endurci.

— Au fond, m'a-t-il confié, je sors de mon rôle, en exerçant une pression sur la mère de cette fille. Je commets presque un abus de pouvoir...

Je le félicitai de faire fléchir, dans un but honorable, la rigueur des règlements.

— Oui, oui, reprit-il, nos intentions sont pures.

Il sourit, et je démêlai dans ces paroles comme une nuance d'ironie. Je le suppliai de me laisser assister à l'entretien...

— Vous serez bien sage? Vous garderez le silence?

— Je serai un témoin impénétrable et muet.

— Accordé!

A peine eus-je le loisir de me confondre en remerciements. Le garçon de bureau lui annonça que Mme et Mlle Bonheur, convoquées ensemble, venaient d'arriver. Je me rangeai discrètement contre la fenêtre. Et l'ordre fut donné de les introduire...

La mère Bonheur s'avança, d'abord. Sa cadette, Pauline, l'accompagnait. Derrière elles se glissa Florise; et toutes trois s'assirent, avec précaution, sur le bord des chaises que l'on avait approchées; mais toutes trois, au même instant, levant les yeux, m'aperçurent. Et l'extrême étonnement qu'elles éprouvèrent se manifesta de façons diverses. Florise rougit et ouvrit la bouche sans parler. Cette peste de Pauline ricana... Et Mme Bonheur gronda sourdement :

— Je ne demande à personne, *moi*, de me suivre chez M. le commissaire!!

Ce *moi*, appuyé d'un regard vindicatif, était gros d'allusions perfides et de menaces; ce *moi* signifiait un million de choses, que je saisis parfaitement et qui ne me troublèrent point. Florise n'imita pas ma réserve. L'injustice de cette accusation indirecte la rendit furieuse.

— Pas d'insolence, s'il te plaît, maman! Rends-moi ma machine.

Maman Bonheur pâlit, sa face se convulsa sous la poussée d'une rage contenue. Elle répondit, en martelant ses syllabes, pour rendre son refus plus catégorique :

— Ta machine? Tu ne l'auras pas.

— Je ne l'aurai pas?

— Tu ne l'auras pas! Elle n'est pas à toi. Elle est à ton père. C'est lui qui l'a payée.

— Avec quel « pognon » l'a-t-il payée? Avec celui que je gagnais?

Florise est hors d'elle-même. Voici qu'elle a sur la langue l'argot des faubourgs dont elle n'use pas, d'habitude, le jugeant peu distingué. Mais elle ne se possède plus; son vocabulaire de gamine, élevée sur le trottoir, éclate et déborde; les écluses sont lâchées.

— Va donc! traînée!

— Sale oiseau!

— A Saint-Lazare!

Maintenant ce sont les deux sœurs qui s'injurient, se montrent le poing.

Florise ruisselle; les larmes coulent sur ses joues à gros bouillons; Pauline ne pleure pas, elle glapit; sa tête fine et méchante, son nez pincé, sa tignasse blonde, sa taille maigre de fillette formée trop vite s'agitent dans une sarabande désordonnée.

Il est temps que M. le commissaire les sépare, pour prévenir un malheur. Il leur clôt le bec par une injonction brutale et prie Mme Bonheur de s'expliquer. Et elle s'explique! Et dans une harangue hachée d'exclamations, de plaintes, de hoquets pénibles, dans des phrases gauches, incorrectes, pâteuses, mais auxquelles sa passion surexcitée communique un accent d'âpre éloquence, elle va, elle va, lâche le paquet; elle raconte sa vie, sa misérable vie, sans joie, sans soleil, et ce qu'elle a enduré, entre son mari alcoolique et douze enfants qu'elle a élevés comme elle a pu, et qu'elle a tous perdus, sauf les trois qui lui demeurent. Et comme récompense!... Elle s'adresse à Florise, toujours effondrée :

— Vous voyez ce qu'elle fait, celle-là, monsieur le commissaire, elle me traîne, ici, comme une voleuse! C'est du propre! Et si vous saviez ce que j'ai enduré à cause d'elle, monsieur le commissaire. A quinze ans, elle se sauvait de chez nous. Il a fallu lui courir après; elle a découché pendant cinq nuits! Et quand elle a eu un gosse, qui est-ce qui l'a soigné, son gosse, et qui est-ce qui se crevait pour le nourrir. Demandez-lui donc, monsieur le commissaire, ce qu'elle nous rapportait à ce moment. Oh! la gueuse! la gueuse!

Florise est pantelante, écrasée par la

Lorsqu'elles se rencontrent dans l'escalier, ce sont des menaces.

honte de se voir déshabillée au grand jour. Elle a un sursaut de révolte; elle se redresse sous l'outrage.

— Et pourquoi donc m'as-tu forcée d'écrire à mon amant, qui m'avait lâchée, pour lui réclamer de l'argent? Tu l'aurais pris chez toi, s'il avait voulu... Tu me l'as dit!

La mère Bonheur pousse un cri terrible.

— Tu insultes ta mère!... Gueuse! gueuse!... L'entendez-vous, monsieur le commissaire?... Elle m'insulte!... Oh! la gueuse!

Et cette fois la pauvre Florise ne réplique rien. Elle est vaincue. Ecroulée sur le plancher, le visage dans son mouchoir, elle sanglote; elle lève les bras comme pour implorer grâce!...

— Maman! maman!

Elle murmure ces syllabes, si heureuses dans la bouche des enfants aimés, si poignantes dans la sienne. « *Maman!... Maman!...* » Ces mots sont noyés de pleurs. La mère Bonheur ne les saisit pas, toute à sa fureur tragique. Et je sens monter, en moi, une immense pitié pour ces épaves, cette mère, cette fille, pour ces créatures, nées l'une de l'autre, et qui se déchirent, aigries par la misère, incapables d'endurer un fardeau, moins lourd, pourtant, aux épaules, quand on est deux à le porter. Mais la haine ne raisonne pas; la haine est aveugle et sourde.

Le commissaire tente un suprême effort.

— Voyons, madame Bonheur, cette jeunesse a le désir de travailler. Donnez-lui en les moyens. Vous aurez quelque chose à vous reprocher si elle tourne mal.

— C'est déjà fait!

— Vous ne voulez pas rendre la machine?

— Je ne veux pas!... Je ne veux pas!

Mme Bonheur est partie, avec Pauline. Florise s'est levée; elle écoute ce que lui dit M. le commissaire. Et M. le commissaire lui donne d'excellents conseils.

— Votre mère est votre mère, lui dit-il. Vous lui devez du respect. Songez que, jusqu'à quinze ans, vous fûtes à sa charge; vous êtes son obligée; vous l'êtes même deux fois, puisqu'elle a pris soin de votre enfant...

Elle essuie cette mercuriale, d'un air modeste et soumis, sans protestation, sans murmure. Seulement, ses larmes jaillissent. Comme d'une source profonde, elles coulent doucement, intarissables, lentes, tranquilles, et nous disent l'infinie détresse de son âme.

J'ai pressé la petite main qu'elle n'osait pas me tendre. Elle a salué, — oh! bien humblement, — M. le commissaire, et elle s'en est allée. Je n'ai pas voulu sortir avec elle, pour ne pas justifier les soupçons de sa mère et de sa sœur. Par la croisée entr'ouverte, je l'ai vue, de loin, qui se dirigeait vers la rue du Mont-Cenis. Elle marchait d'un pas rapide, sans tourner la tête, droit devant elle. M. le commissaire bougonna dans sa moustache :

— Gentille la petite!

Puis, avec cette philosophie indulgente et sceptique que l'on puise dans le commerce des hommes et dans le spectacle habituel de leur faiblesse, il reprit :

— Elle se consolera comme les autres!

IX

Une machine à coudre

Qu'est devenue Florise Bonheur?

Je la vois toujours remontant d'un pas fiévreux la rue du Mont-Cenis, après que le commissaire de police l'eût congédiée. Et j'entends les mots affreux qu'elle échangea avec sa mère et les tristes vérités, les accusations, les outrages dont elles s'accablèrent si durement.

J'ai peur que Florise, sous le coup de la colère, ne s'abandonne à de fâcheuses extrémités et ne renonce à ses bonnes résolutions de courage et de travail. J'ai hâte de la revoir, d'autant plus que d'obligeantes personnes se sont émues de son sort et m'ont fourni de quoi l'alléger. Florise aura sa machine à coudre. Encore faut-il que je lui remette ce petit pécule, mais par quel moyen? J'ignore son adresse et si elle a trouvé un refuge contre la haine désormais féroce de ses parents. J'ai écrit à son amie Charlotte Vernon qui seule était à même de me renseigner. Pendant cinq jours j'ai attendu une réponse qui n'arrivait point.

Avant-hier matin, elles me l'ont apportée. Vous pensez si j'ai mis de l'empressement à les recevoir. Elles sont entrées dans mon cabinet, un peu gauches et timides, Charlotte toujours doucereuse, et Florise, ayant gardé sur son visage comme un air de confusion et de tristesse gênée. Le souvenir de la scène dont j'avais été témoin se dressait entre nous. J'essayai de dissiper cette contrainte.

— Eh bien! dis-je, j'ai quelque chose d'heureux à vous apprendre.

Florise leva vers moi des yeux interrogateurs. Je continuai :

— Vous êtes riche!

Et je lui annonçai que de mystérieux donateurs lui envoyaient par mes soins deux cents francs, destinés à l'acquisition d'une superbe machine toute neuve.

Ce fut un changement à vue, un épanouissement. Lorsqu'un rayon de soleil luit dans le ciel nuageux, la terre en deuil se transforme; tout y fleurit, tout y reverdit. La félicité de vivre, que l'on croyait morte, y ressuscite. Ainsi, sur la physionomie de Florise, à la tristesse, à l'abattement succéda l'allégresse. Elle se dressa; ses joues s'empourprèrent.

— Non! s'écria-t-elle, vous vous moquez de moi! C'est une farce?

— Examinez plutôt...

Je lui montrai des mandats-poste, un chèque sur le Crédit lyonnais, un autre sur le Comptoir d'Escompte. Ces papiers étaient accompagnés de lettres conçues en des termes aimables... *Pour la machine de Florise...*, tant. *Pour consoler Florise de ses malheurs...*, tant. Je lui lus des phrases dans lesquelles son nom figurait, escorté d'épithètes compatissantes. Elle battit des mains et fut prise d'une envie de rire immodérée. Le plaisir, en elle, le disputait à l'admiration.

— Elle est bien bonne!... Charlotte, qu'est-ce que tu en penses?... Moi, j'en suis bleue!

Charlotte est muette de stupeur. Mais sa bouche arrondie et ses sourcils en accents circonflexes indiquent son état d'âme. Elle n'est pas moins ébaubie que Florise. Et toutes deux ne se lassent pas de remuer, de déchiffrer, de retourner entre leurs doigts ces billets où tant de joie est incluse.

— Mais alors, Florise, s'il y a de l'argent, on va pouvoir s'agrandir. Tu sais bien notre projet, notre fameux projet?

Quel projet?... Cette Charlotte est une femme pratique et qui ne perd pas la tête. Elle songe à tirer le meilleur parti possible des personnes charitables qui daignent s'intéresser à Florise. Et voici qu'elle me développe leur projet, leur fameux projet. Il s'agit simplement de déménager. Le voisinage de la mère Bonheur est odieux à Charlotte. Lorsqu'elles se rencontrent dans l'escalier, ce sont des menaces, des gestes violents, des bordées d'invectives ; on s'insulte à travers la cour, d'une fenêtre à l'autre ; bientôt on se lancera des projectiles et l'on en viendra aux coups. Florise n'ose plus franchir le seuil de la maison maudite. Elle couche et mange à côté, dans une chambre garnie... C'est abominable.

— En passant près du sommet de la butte...

— Vous comprenez, monsieur, ce qu'il nous faudrait, poursuit l'insidieuse Charlotte. C'est un nouveau logement, où nous habiterions tous ensemble, Florise, moi, mon homme et les gosses ; assez vaste pour qu'on puisse même, s'il y a beaucoup de travail, y caser des ouvrières. Comme ça, nous ferions notre besogne sans être inquiétées ; nous serions tranquilles.

Mâtine de Charlotte ! L'ambition la dévore. Elle se voit déjà en possession d'un atelier, d'une usine ; elle se voit grosse entrepreneuse. Sans s'en douter elle récite la fable de *Perrette et du pot au lait*. Je juge prudent de ne point trop encourager

Ces cages de verre devant lesquelles se déroule le flot des humbles clients.

ces illusions et lui demande où elle compte puiser les ressources nécessaires à assumer et à couvrir tant de frais. Le loyer d'avance, le mobilier, l'aménagement du nouveau local, cela suppose une vraie fortune, 1,000 francs pour le moins et peut-être davantage. Elle ne se laisse pas démonter par l'objection. Elle réplique d'un ton triomphant:

— Et Dufayel?

C'est juste, je n'y pensais pas. Elles iront chez Dufayel. Elles contracteront pour l'avenir ces obligations qui sont si pénibles aux petites gens. Elles traîneront pendant des semaines et des mois la charge onéreuse de l'achat à crédit, le dur boulet de la dette. Et si la besogne leur manque, si le chômage sévit, comment s'acquitteront-elles? Ne courent-elles pas au devant des soucis, des inquiétudes, des pires dangers? Mais leur esprit ne s'y arrête point; il interroge l'avenir avec confiance. Florise et Charlotte étaient tout à l'heure très mélancoliques. A présent elles sont gaies. Il a suffi d'un grain de mil pour les réconforter. Les dix louis posés là, sur ma table, donnent le branle à leur imagination. Elles se croient millionnaires. Elles le sont, en effet, puisqu'elles sont femmes et que les femmes ont le merveilleux privilège, en même temps qu'elles conçoivent leurs rêves, de les apercevoir réalisés.

— En passant près du sommet de la butte, dit gravement Florise, à l'angle de la rue du Mont-Cenis et de la rue Cortot, j'ai visité un local qui ferait très bien notre affaire. Trois vastes pièces, une cuisine, cabinet noir, closets et un immense jardin.

— Vraiment, Florise, est-ce que le jardin est indispensable?

— Oui, pour dîner dehors l'été... Et puis, il y a un lilas!

— S'il y a un lilas, c'est différent...

Cet appartement est un peu cher... Sept cents francs... Deux cents francs tous les trois mois, avec les impositions. Ajoutez-y les quittances de chez Dufayel, présentées à jour fixe par un commis galonné qui n'est pas des plus commodes... Bah! M. Jaluzot continuera d'envoyer des lots de peignoirs et de jupons à confectionner! Ayons confiance! S'il arrive des désagréments, on l'apprendra toujours assez tôt. Et Charlotte et Florise, tout à leurs combinaisons, évaluent à quel chiffre vont se monter les emplettes. Un lit, une douzaine de chaises... la table ne tient plus debout... une table ronde en noyer... Et la batterie de cuisine, ma chère... Une horreur!... A remplacer!... Florise réclame un banc peint en vert pour le jardin... Un tout petit banc, excessivement modeste. Mais Charlotte ne l'entend pas ainsi.

— Tu es folle!... Songeons d'abord aux choses indispensables...

L'indispensable, c'est douze cents francs au bas mot, douze cents francs de marchandises, douze cents francs de crédit!... Les deux ouvrières s'arrêtent, interdites devant l'énormité de ce total, et murmurent :

— Dufayel... voudra-t-il?...

Et je devine leur tourment. Dufayel prescrit une enquête sur les clients qui veulent entrer en relation avec son comptoir. Or, les renseignements qu'il obtiendra sur Florise, sur cette fille errante, sans domicile, brouillée avec sa mère, et dont le père, alcoolique, est enfermé à Sainte-Anne, ne manqueront pas d'être exécrables. Dès lors, refus de toute opération. Plus de meubles, plus d'avances, plus de batterie de cuisine, plus de banc peint en vert. Perrette renverse son pot-au-lait.

— On assure, hasarde sournoisement Charlotte, que M. Dufayel n'est pas méchant, lorsqu'on va « lui causer »...

Je leur promets de tenter la démarche. Elles s'en vont rassérénées. Mais il m'a semblé qu'elles échangaient entre elles des signes d'intelligence; et, tandis que Florise descend l'escalier, Charlotte me prend à part, et d'un ton pénétré, et comme si elle avait à me révéler un secret terrible :

— Méfiez-vous de Mme Bonheur!... C'est une « gale ». Elle vous a dénoncé à M. le maire. Et dans sa lettre elle vous accuse d'être l'amant de sa fille. Florise a été convoquée à la mairie et interrogée. Elle a juré ses grands dieux que c'était un mensonge abominable. Et je crois bien que maman Bonheur a reçu sur les doigts. Elle cherche à monter contre vous son fils Emile, qui l'envoie promener, car il est gentil, le petit, et vous aime bien. Mais ouvrez l'œil. Ce que je vous en dis, n'est-ce pas, monsieur, c'est dans une bonne intention... Méfiez-vous !

Ce discours est débité d'une haleine. Charlotte s'arrête enfin, essoufflée, et visiblement ravie de me prouver sa sollicitude, contente aussi, je suppose, de paraître si bien informée. Je la remercie du zèle qui l'anime à mon endroit et l'assure que les potins de Mme Bonheur me laissent tout à fait indifférent.

Voyez-vous, cette mégère ! Le regard qu'elle m'avait lancé chez le commissaire, l'autre jour, m'indiquait ses mauvais desseins. Et je n'en suis pas surpris...

Hier, j'ai rendu visite aux magasins Dufayel. Ils s'étendent sur un large espace, entre la rue de Clignancourt et le boulevard Barbès. Ils sont surmontés de minarets, de clochetons, d'orgueilleuses coupoles qui écrasent de leur masse et de leur luxe les quartiers avoisinants. Cet ensemble d'édifices rappelle les citadelles, que les barons allemands campaient au bord du Rhin, et d'où ils exerçaient leur tyrannie conquérante. Leurs « burgs » n'étaient construits qu'en pierres mal équarries. Au contraire, ce palais étale une insolente prodigalité de matériaux précieux. Le marbre, le bronze, l'onyx s'y amalgament avec quelque pesanteur et semblent crier au public : Ici l'on gagne beaucoup d'argent.

L'intérieur du bâtiment n'est pas moins somptueux que la façade. Ce ne sont que colonnes, voûtes et verrières polychromes, sculptures colossales, peintures mythologiques. Et dans les riches galeries, mille objets entassés éveillent la concupiscence des promeneurs. On les éblouit par l'étalage d'une opulence un peu lourde ; on leur offre le concert, on leur joue la comédie, on leur montre la lanterne magique ou le cinématographe. Mais nul spectacle n'est aussi instructif pour l'observateur que celui des deux cents caisses, rangées côte à côte, des deux cents guichets de cuivre polis, vernis, astiqués, éblouissants, où le public est admis, par faveur spéciale, à vider son bas de laine.. Oui, ces deux cents bouches d'acajou et de métal, cette armée de scribes courbés sur leur tâche, ces coffres-forts, ces balances, ces cages de verre, devant lesquelles se déroule le flot des humbles clients aux pieds crottés et des clientes aux robes de cotonnades, employés besogneux, femmes et filles du peuple ; cet appareil fastueux, ce mécanisme puissant et compliqué ont un aspect symbolique et mettent aux prises les facteurs essentiels de la vie moderne : le nombre, l'épargne, le crédit, le capital.

J'ai prié un gentleman d'aspect distingué, cravaté de blanc, vêtu d'une redingote étroitement boutonnée, de vouloir bien m'annoncer à M. Dufayel. Il m'enveloppa d'un regard sévère et, lentement, il laissa tomber ces mots :

— Avez-vous une lettre d'audience ?

Et j'ai senti soudain que M. Dufayel devait être un personnage considérable.

Donc, m'ayant accordé une audience pour le lendemain, M. Dufayel a daigné m'honorer d'un quart d'heure de conversation particulière et me donner le pas sur les vingt ou trente solliciteurs dont son antichambre était pleine. Un huissier en habit noir m'a indiqué le chemin ; une porte, tout en glace, s'est ouverte. Et je me suis trouvé dans un immense salon carré, où seul, un homme était assis.

Le salon avait huit mètres de haut et, pour le moins, cent mètres de superficie. Une cheminée monumentale s'y élevait ; des vitraux, aux couleurs vives, y projetaient de chauds rayons de lumière.

Et, dans le flamboiement des bleus, des jaunes et des carmins, l'homme m'apparut.

Il se tenait, derrière un bureau de chêne, d'une longueur, d'une ampleur démesurées. Adossé à une superbe bibliothèque, où nulle indiscrète curiosité n'avait jamais semé le désordre, calé dans son fauteuil, immobile, impassible, décoré, M. Dufayel ne se leva point à mon approche. Tel Louis XIV accueillait à Versailles ses courtisans. Il me désigna vaguement un siège, et d'une voix brève, d'une voix de commandement :

— Qu'y a-t-il pour votre service ?

Je songeai à part moi : « Voilà qui n'est guère encourageant. Ce seigneur me paraît un peu revêche. » Et dissimulant le but réel de ma visite, je mis sur le tapis la question sociale. C'est une excellente entrée en matière, et qui prête aux effusions. Je priai M. Dufayel de m'éclairer sur l'origine et le fonctionnement de son industrie et sur la condition matérielle et morale de ceux qu'elle aide à subsister. Subitement, il quitta son attitude gourmée, il devint cordial ; l'expression de ses yeux vifs s'attendrit ; et, gesticulant, frétillant sur sa chaise curule, il commença, avec une extrême bonhomie, à me parler de lui. Et je goûtai les grâces de son langage, qui ne sont point, évidemment, raffinées. mais qui sont enjouées et naturelles. M. Dufayel ne boude devant aucun mot, à condition qu'il traduise sa pensée. Et cette extrême rondeur le rend sympathique et pittoresque. Il m'a vanté le génie de son prédécesseur, le mémorable M. Crépin, de Vidouville (Manche).

— Il turbinait dix-huit heures par jour. Il débuta dans une boutique grande comme ma poche. Mme Crépin tenait les livres. C'était une maîtresse femme. Le dimanche, on s'enfermait pour classer les marchandises. Je suis de cette école, monsieur. Pendant dix ans, je me suis nourri d'une marmite de soupe le matin, et d'un morceau de viande, le soir, ma journée finie... Le résultat ?... Vous le voyez ! Je m'appartiens, je suis mon maître, je n'ai pas d'actionnaires. C'est ma force principale. Je me contente d'un bénéfice minime. Tout le monde est heureux autour de moi. Et si quelque chose va de travers, on s'en explique. Je ne suis pas le bon Dieu, et chacun peut me parler. J'offre à mes commis des maisons de campagne, à mes demoiselles leur trousseau quand elles se marient, l'accouchement gratuit et soixante-quinze francs par nouveau-né... Faut bien, n'est-ce pas, pousser à la repopulation ?

Il eut un rire copieux et continua :

— Oui, monsieur, je suis utile. Mes deux millions de clients sont mes amis : le grand-père le fut, le petit-fils le sera ; ils sont ici chez eux. S'ils ont besoin d'argent, ils frappent à la caisse. Et allez donc ! Ils me remboursent quand ils le peuvent. Jamais je ne les poursuis. Et ils me paient, monsieur, rubis sur l'ongle, car ils ont intérêt à ne pas couper leur crédit. Un jeune médecin s'installe. Il n'a pas le sou. Il a besoin d'un cabinet... Crac !... V'là l'cabinet demandé. J'ai des bourgeois très chics inscrits sur mes livres, des types de la haute. Je suis le banquier, le papa, celui qu'on « tape » !

M. L'INSPECTEUR, RESPECTUEUX ET ATTENTIF A ME PLAIRE, ME TIENT DES PROPOS QUE J'ÉCOUTE...

Il croise les bras sur son torse court et râblé ; sa joviale figure respire le contentement ; une étrange malice, une remarquable intelligence pétillent en ses yeux noirs. Et pour l'exciter davantage, je lui propose des objections. Je lui commu-

JE PASSAI PAR LA RUE DU MONT-CENIS.

nique certains doutes que j'ai entendu formuler sur la qualité des articles vendus à tempérament. Il s'échauffe, il s'indigne, il éclate :

— Je la connais, celle-là !... Vous concevez que je ne perds pas mon temps à répondre à ces sornettes... D'abord ce n'est pas mon métier de griffonner des grimoires. J'ai l'horreur de rédiger. Et quant à croiser le fer avec un imbécile qui me débine... bernique !... J'ai mes armes, monsieur, et les voilà !....

Il s'est mis en arrêt, les poings fermés, — des poings énormes et redoutables — et il a esquissé le mouvement offensif du boxeur. Et comme, instinctivement, je pare la botte, il reprend avec courtoisie :

— Ceci n'est point pour vous. Je sais qui vous êtes. Mais il y a de ces maîtres chanteurs que j'ai flanqués dehors... Une ! deux ! Oust !... En bas de l'escalier ! Ça ne traîne pas. Enlevez, c'est pesé... Vous me traitez de voleur ? Je vous f... un marron ! Nous sommes quittes !... Et maintenant, monsieur, tout ce que je vends est irréprochable, et je vends le meilleur marché de tout Paris. Mon inspecteur va vous le prouver...

Il sonne... M. l'inspecteur surgit — grave, imposant, solennel — parfait notaire...

— Faites les honneurs des magasins à monsieur...

M. Dufayel, sans bouger de son trône, m'a tendu la main ; mais cette fois elle était pacifiquement ouverte. Et je l'ai serrée.

— A l'avantage de vous revoir !

M. l'inspecteur, respectueux et attentif à me plaire, me tient des propos que j'écoute d'une oreille indifférente. Je m'aperçois que je n'ai point parlé de Florise à M. Dufayel. Ce prodigieux commerçant m'a abasourdi. Je lui écrirai ce soir...

XI

L'amour à Montmartre

En me rendant chez M. le maire de Montmartre, je passai par la rue du Mont-Cenis. J'affectionne ce coin de faubourg où l'on se sent, à la fois, très loin et très près de Paris. La rueile étroite, inégalement pavée, bordée de vieux jardins en terrasses et de maisons boiteuses, évoque les quartiers paisibles, la solitude et le silence des cités provinciales.

Prenez garde, toutefois. Des inscriptions tracées au charbon sur les murs, ou gravées à la pointe du couteau, vous avertissent que l'innocence ne règne point en ces lieux. Ce sont des déclarations d'amour! Des noms, accolés les uns aux autres, apparaissent enlacés, enfermés dans des cœurs symboliques. *Paul aime Margot... Quiqui aime Berthe... Gégène aime Louise...* La formule ne varie guère, parfois elle se complique. *Jeanne aime Petit-Blanc;* et tout auprès je lis, tracée d'une main rageuse, cette affirmation : *Julot aime Jeanne.* Voici Jeanne entre deux galants, Petit-Blanc et Julot qui se disputent apparemment ses faveurs. Et l'aventure pourrait bien se dénouer d'une manière tragique. Quelques-uns de ces noms sont suivis de sobriquets pittoresques, *Alfred* dit *Fanfan, Lucien* dit *Dondonneau* déclarent leur flamme à *Mlle Jacquette,* qui traîne à sa suite un cortège d'adorateurs, *Zolo, Riri, Cricri* et *Dodophe.* Ces diminutifs canailles répandent comme un parfum de vice ingénu. Je ne connais pas Mlle Jacquette, mais je crois l'apercevoir, avec ses cheveux ébouriffés, son nez en l'air, son fichu de gigolette.

Au fait, n'est-ce pas elle qui s'avance à ma rencontre par la rue Saint-Vincent?... Un beau brin de fille, ma foi, les hanches serrées dans son jupon de laine, les yeux hardis et le rire aux lèvres. Elle est accompagnée d'un jeune seigneur de méchante mine, le nommé Dodophe, à moins que ce ne soit le nommé Riri, et je l'entends qui murmure en passant à mon côté, et me désignant du geste:

— Est-ce qu'il en est?

Elle est accompagnée d'un jeune seigneur de méchante mine.

Je ne m'y trompe point. Ils s'imaginent que je suis de la police, car la police les hante. Et s'il ne faisait grand jour, je suppose que cette rencontre aurait des conséquences fâcheuses. La demoiselle ne bâtiments moisis, lézardés, lugubres... Un personnage a surgi : c'est le concierge, et sa physionomie égaie d'une note pittoresque cette nécropole. Il porte un béret, de longs cheveux, un pantalon à la hussarde, et pa-

Au cabaret du « Lapin agile »

semble pas aimable, et son cavalier à rouflaquettes m'a lancé un regard peu bienveillant.

Cependant j'avise au seuil d'une porte un écriteau qui se balance : *Appartement à louer*, et je me rappelle que c'est ici même que Florise Bonheur a découvert le logement de ses rêves, le local où elle a dessein d'installer sa petite industrie d'entrepreneuse. Je m'informe. L'entrée de l'immeuble est à deux pas, dans la rue Cortot, une voie étroite et sinueuse qui n'a point changé d'aspect depuis l'avant-dernier siècle. M'y voici. Je franchis un lourd portail et me trouve au milieu d'une sorte de parc, divisé par des barrières, en carrés égaux. Ils sont enclos dans des corps de raît échappé d'un roman de Henri Mürger.

— Puis-je visiter l'appartement ?

— Comment donc, monsieur ! Avec plaisir !

Il s'empresse à m'en détailler les avantages et m'assure que le prix qu'on en demande, 700 francs, n'est nullement exagéré. Songez donc ! Il y a trois pièces, au rez-de-chaussée, une cuisine, un magnifique jardin et, dans ce jardin, un magnifique lilas. Plus de doute, c'est le jardin, c'est le lilas de Florise. Et quel jardin ! Un peu plus large qu'un mouchoir de poche, semé de tessons de bouteilles et de plâtras. Les chambres suent l'humidité et la tristesse. Et quant au lilas, il penche vers le sol ses branches humiliées.

— Voyons, ce n'est pas sérieux, ça ne vaut pas vingt-cinq louis, votre local !

Alors, pour me décider, le pipelet met un doigt sur ses lèvres et, d'un ton malin :

— Nous avons pour locataires des gens très bien, des gens de la haute...

Il jouit de ma surprise et reprend :

— Ils n'habitent pas chez nous tout le temps... Ils viennent... à de certains jours... en bonne fortune... Ainsi, sur notre tête, il y a un grand artiste du théâtre des Variétés... Je ne vous dirai pas comme il s'appelle... Vous comprenez !...

J'ai compris. Et sans presser mon guide de violer le secret professionnel, je l'ai suivi à travers le terrain vague qu'il baptise « parc » audacieusement, et qui dévale, en pente raide, aux flancs de la butte. Des bêches, des râteaux, des cloches à melons brisées y remplacent momentanément les fleurs.

— C'est là que travaille le grand artiste des Variétés !

Heureux comédien qui partage ses loisirs entre la galanterie et le jardinage ! Comme Jeliotte et Vestris, il a sa maison des champs, où de nobles dames le visitent. Et puis, peut-être y reçoit-il aussi Mlle Jacquette !...

J'ai longuement causé avec M. le maire de Montmartre, M. Pugeault, qui est un homme plein de sagesse et d'esprit. Depuis bientôt quarante années il vit en cet arrondissement, où d'abord il a siégé comme juge de paix et que maintenant il administre. Il en possède à fond les misères et connaît intimement l'ouvrière des faubourgs, l'ouvrière honnête... et l'autre ; il sait à quels périls la misère, le chômage, la contagion de l'exemple, la brutalité des hommes, le manque de courage les précipitent. Il n'est pas une pierreuse, une habituée de brasserie qui n'ait comparu devant son tribunal paternel ! Que d'angoisses il a soulagées et que de catastrophes il a prévues ! Oui certes ! il les connaît, ces faiblesses, ces fautes qu'on avoue, et celles qu'on n'avoue pas. Et les mille confessions qu'il a recueillies ne lui ont pas endurci le cœur, mais au contraire l'inclinent à l'indulgence. Il m'a parlé de Florise, que sa mère lui avait vilainement dénoncée.

— Je l'ai interrogée, m'a-t-il dit. Elle a de bons sentiments et la ferme volonté de marcher droit. Mais que de dangers l'entourent ! Elle en est juste au point où les filles de son espèce tournent bien ou mal, selon l'influence qu'elles subissent. Il suffit d'un rien, d'une heure de désespoir, d'une rencontre, d'un léger entraînement, pour qu'elles glissent. Et tout est fini. A seize ans, après une première escapade, elles peuvent encore se ressaisir. Mais après vingt ans, si la noce les reprend, c'est pour la vie ; elles tombent dans le ruisseau, dans la boue ; elles s'associent à d'infâmes escarpes, plus jeunes qu'elles, qui les rouent de coups et qu'elles nourrissent... A quel prix !... Elles crient, elles pleurent et filent doux. Ce ne sont plus des êtres humains ; leur corps continue d'agir ; mais leur ressort moral est anéanti. Elles ont des douleurs et des joies de bêtes. Quelquefois, avec de cordiales paroles on réveille leur conscience endormie. Et alors, monsieur, on est saisi de pitié !...

M. Pugeault a craint de m'assombrir avec ces noires peintures, et, cessant de tolstoïser, il m'a narré gaiement quelques chapitres de la chronique locale.

— Quand elles sont gentilles, a-t-il ajouté, quand elles ont quelque agrément de conversation et quelque aptitude à lever la jambe, elles s'improvisent danseuses et amassent de quoi se ménager une retraite paisible. Saviez-vous que la Goulue, par exemple, possédât une rente viagère et quotidienne de vingt francs ? Elle lui fut constituée par un amateur original. Chaque jour, un louis est remis à la Goulue, mais à la condition expresse qu'elle aille, en personne, le toucher chez le notaire... Et les louis non encaissés ne s'accumulent pas. Ils sont perdus pour elle et ne lui profitent plus.

Cette invention semble à M. Pugeault des plus comiques, et je crois qu'il est animé d'intentions conciliantes à l'égard des petites danseuses du Moulin-Rouge. Il caresse ses favoris de neige et reprend avec gravité :

— D'ailleurs, la Goulue et son amie Grille-d'Egout appartiennent à d'excellentes familles, qui leur ont fait donner la meilleure éducation...

On ne vit pas quarante ans à Montmartre sans qu'il vous en reste un léger goût de paradoxe et de blague. M. le maire a le mot pour rire. Il m'a diverti et épouvanté. Et je tremble pour Florise...

Il est cinq heures, le crépuscule descend lentement. Le ciel morose et gris se charge de brouillard. Je m'inquiète d'un refuge contre la pluie qui commence à tomber, et je le trouve heureusement au cabaret du *Lapin agile*. Cet établissement jouit d'une antique renommée ; il s'appelait naguère le cabaret des *Assassins* et devait son étiquette à un tableau représentant l'exécution de Troppmann. Mais M. Georges Courteline, qui collectionne les peintures surprenantes et rares, fit l'acquisition de cet objet. L'enseigne vendue fut remplacée par un lapin en goguette que dessina André Gill. Du lapin *à Gill* au *Lapin agile*, il n'y avait que l'intervalle d'un calembour. Et c'est le calembour qui a triomphé.

Donc, ayant entendu un bruit de voix qui sortait des flancs du *Lapin agile*, j'ai soulevé le loquet, et Mme Adèle, la patronne de l'auberge, m'a souhaité la bienvenue.

— Vous venez écouter, aujourd'hui, notre *apéritif-concert?*

— Va pour l'*apéritif-concert*...

Je me faufilai dans une pièce, étroite et basse, où flottait la fumée des pipes et qu'éclairait vaguement un bec de gaz. Et, soudain, j'éprouvai un sursaut d'étonnement. Contre le piano, dans la pénombre, j'avisai d'anciennes connaissances, mon voisin du banquet de Grenelle, Gustave Tellier, Emile Bonheur, le frère de Florise et sa cadette Pauline. Nos regards se croisèrent. Il y eut une minute d'hésitation. Gustave Tellier, redoutant que d'aigres paroles fussent prononcées, intervint, et, tout de suite, porta l'entretien sur le terrain jovial.

— N'oublions pas, mes enfants, que la musique adoucit les mœurs.

Il me salua drôlement et m'offrit un tabouret avec beaucoup de civilité. Je m'y assis. Emile me souhaita le bonjour sans aucune gêne. Mais Pauline garda une attitude raide et pincée. Les femmes sont rancunières. Cette gamine ne me pardonne pas d'avoir pris le parti de sa sœur contre elle ; et les propos échangés en ma présence, chez le commissaire, bourdonnent toujours à ses oreilles. L'obligeant Gustave Tellier s'essaya encore au rôle de médiateur. Me désignant Pauline :

— La « môme » est en progrès, me dit-il. Vous allez voir.

— Elle va chanter?

— Parfaitement. Elle « ira de sa romance », comme tout le monde...

Une ritournelle interrompit ce colloque et le pianiste hurla, par-dessus son instrument:

— Notre ami Gaston, le chanteur mondain, du casino de Saint-Ouen-les-Bains, va exécuter un morceau de son répertoire.

Le chanteur mondain, son melon sur la nuque, avec des tics à la Paulus, ouvrit une vaste bouche :

J'peux pas faire un pas
Sans qu'une femme me lorgne,
J'peux pas faire un pas
Sans qu'ell' chop' mon bras.

Ses huit couplets dévidés, le chanteur mondain regagna sa place où l'attendait, à côté d'une absinthe grenadine, une jeune personne qui l'accueillit d'un baiser. C'était une manière fort expressive de lui manifester son admiration. Puis la voix, pardessus le piano, glapit:

— Notre talentueux camarade Gustave Tellier va nous dire un monologue.

— Comment, vous aussi, Tellier?

— Hein, ça vous la coupe!

Il a gravi l'estrade et se met à débiter le *Marchand de journaux*. C'est l'histoire héroï-comique d'un brave garçon qui va se faire trouer le ventre au Tonkin pour ces gredins de bourgeois et qui, après avoir crié par les rues le journal la *France*, meurt là-bas, en poussant le même cri:

... Serrant la main du capiston,
Il mourut, criant : Viv' la France,
Journal du soir!...

Tellier imite en perfection l'accent enroué, la démarche sautillante, le bagou go-

C'EST D'UNE VOIX JUSTE ET SOLIDE QU'ELLE ATTAQUE LE REFRAIN.

guenard de son héros; il est camelot de la tête aux pieds; il a de merveilleuses qualités de comédien, comme beaucoup d'hommes du peuple qui, sans le savoir, ont manqué leur vocation. Je le complimente en toute sincérité. Et, de nouveau, le pianiste fait son boniment.

— Notre gracieuse camarade Pauline Bonheur veut bien interpréter : *Encore une!* chansonnette créée par Mme Ouvrard.

Mlle Pauline est troublée; bientôt l'aplomb lui revient et c'est d'une voix juste et solide, encore qu'un peu pointue, qu'elle attaque le refrain:

La pauvre fille,
Bien qu'elle soit gentille,
N'peut pas trouver un amant
Qui y offre un appartement.

Jolie chanson, pour une fillette de seize ans! Ces polissonneries ne sont pas pour effaroucher Pauline; elle les débite gentiment, forçant les effets comiques; elle ne connaît pas encore les ficelles du métier. Mais, en somme, c'est un début honorable. J'applaudis. Et Pauline, qui aime la gloire, me lance une œillade reconnaissante.

— Le jeune poète belge, Marius Haberdrinck, dans ses œuvres.

Le jeune poète belge Marius, cravaté à la mode de 1830, secoue sa crinière :

— Je vais vous dire *Souffrance d'âme.*

Mais je ne l'écoute pas. Je suis tout aux confidences d'Emile Bonheur. Il m'apprend que Pauline sera peut-être engagée à l'Opéra-Comique, dans les chœurs, sur la recommandation de Gustave Charpentier. Il m'apprend aussi que son père, en traitement à Sainte-Anne, est presque guéri et sera prochainement rendu à l'affection des siens. C'est là, sans doute, une façon de parler. Emile insiste complaisamment sur ces heureuses nouvelles. Il tient à me prouver que leur brouille avec Florise ne leur a point porté malheur.

— Et vous, Emile, vous n'en chantez pas une?

— Oh, moi! je ne m'emballe pas sur la romance. Je chanterai ce soir l'*Internationale* à la Maison du Peuple ?

— A la Maison du Peuple?

— Oui, on y joue un drame révolutionnaire, l'*Exemple*, interdit par la censure. Y venez-vous faire un tour?

— C'est bien possible.

— Alors, à tout à l'heure....

Je me suis rendu à la Maison du Peuple. Elle élève au fond de l'impasse Pers, rue Ramey, sa grossière charpente. Ce sont des tâcherons et non d'habiles architectes, qui l'ont construite. Aussi ne présente-t-elle aucune vaine élégance. Elle est rude et sévère. La salle, garnie de bancs de bois, semble une grange ou un hangar. Tels devaient être, je suppose, les tréteaux où

Shakespeare produisit ses chefs-d'œuvre devant les matelots de Blackfriars. La Maison du Peuple est un théâtre, mais un théâtre civique, et d'où l'amusement frivole est exclu. Des devises, peintes sur les murs, au-dessus des drapeaux rouges, montrent qu'on ne vient pas ici pour s'égayer, mais pour résoudre la question sociale. A droite, cette pensée de Pottier: *Ça ne finira donc jamais?* A gauche, le mot de Gambetta: *Le cléricalisme, voilà l'ennemi!* La scène est flanquée de deux portraits: Ferré, la chemise ouverte, le col nu, prêt à affronter les balles versaillaises, et un autre insurgé dont je n'ai point retrouvé le nom. Enfin, comme couronnement, moulée en lettres sanglantes, la brève proclamation de Blanqui: *Ni dieu, ni maître.*

Au moment où je franchis le seuil de la Maison du Peuple, la représentation commence. Quatre ou cinq cents auditeurs avalent le drame inédit, interdit par la censure, de M. Chéri-Vinet. Un acteur, barbouillé de suie et portant à son chapeau la lampe des mineurs, gesticule sur les planches et s'écrie :

— Il faut que nous crevions de faim pour payer les orgies du baron de Saint-Michel. Mais, patience! elle viendra, n. d. D., elle viendra, la grande libératrice! Nous abattrons son château et nous bâtirons des maisons de retraite pour les invalides du travail.

Une furieuse ovation accueillit ce langage. Elle tourna au délire quand le vieux mineur gréviste, à qui l'on demandait ce qu'il ferait si son fils, actuellement soldat, marchait contre lui, déclara :

— Le fils qui se dresse contre son père n'est plus un fils, mais un ennemi.

Pour ma part, j'attendais avec curiosité le baron de Saint-Michel. Je voulais contempler ce gentilhomme capitaliste. Lorsqu'il parut, il reçut une volée de pommes cuites, je veux dire que d'insultantes clameurs étouffèrent ses paroles. Et je compris que, dans la pensée de M. Chéri-Vinet, le baron de Saint-Michel incarnait le patron idéal, le patron type, jugez plutôt. Il a violé la fille d'un artisan, l'a rendue mère, abandonnée ; il a fait lâchement assassiner le fruit né de son crime ; puis il chasse la malheureuse, il l'outrage, il la soufflette et lui dit :

— J'aime mieux mon chien que ton père.

C'en est trop! l'auditoire est indigné. Un cri s'élève et va frapper au visage le baron de Saint-Michel.

— Sale vache!

M. Chéri-Vinet doit être content et il a atteint son but qui est de déshonorer le capitalisme. Mais mon attention se détourne de ces venimeuses niaiseries ; j'observe ceux qui s'en repaissent. Ce sont, pour la plupart, de tout jeunes gens, qui sont venus à la Maison du Peuple, comme ils seraient allés au café-concert,

La Maison du Peuple.

pour se délasser un brin, pour faire du tapage et acclamer — ce qui est proprement délicieux — une pièce censurée. Mais on sent percer, sous leurs acclamations, ce fond de scepticisme gouailleur qui caractérise les Parisiens du faubourg. Ils ne prennent pas très au sérieux le génie dramatique de M. Chéri-Vinet. En ce dimanche, d'autres soins les occupent. Chacun a amené sa chacune. Dans tous les coins de la salle, sont des couples enlacés. Près de moi, une brunette somnole, langoureusement pressée contre son ami ; plus loin ce sont des chuchotements, des murmures, des caresses, des baisers rapides, de petits rires discrets. Et tandis que le baron de Saint-Michel poursuit le cours de ses turpitudes, les spectateurs, qui le conspuent du bout des lèvres, songent plutôt à la nuit qu'à la journée de huit heures... Quelqu'un réclame la *Valse bleue*. Et du piano poussif, la mélodie s'exhale martelée par des doigts épileptiques, mais douce, pourtant, et consolante, heureuse tout à la fois et plaintive ; et les notes fêlées qu'elle égrène vous serrent le cœur. Un je ne sais quoi d'infiniment triste plane sur cette pauvre maison, sur ce public assemblé, et sur ces misères aperçues, et sur ces serments d'un soir, et sur ces brèves tendresses...

— Il faut que nous crevions de faim pour payer les orgies du baron de Saint-Michel.

Cependant le doyen des mineurs, le père Laurent, s'adressant au baron de Saint-Michel, lui dit :

— Je serais honteux d'aller, paré comme un bœuf gras, immoler sur un autel la virginité de ma fille.

J'ai fui la prose de M. Chéri-Vinet. J'ai grimpé au sommet de la Butte et respiré la vivifiante brise qui y soufflait. J'ai traversé le bal du Rocher Suisse, le Moulin de la Galette. J'ai vu tournoyer les valseurs éperdus, les cavaliers fascinant leurs danseuses et dardant sur elles des yeux farouches ; et partout, à l'angle des carrefours, dans le mystère terrifiant des impasses, dans l'ombre des démolitions, sur chaque pavé de ce faubourg où les passions éclatent, où la vie bouillonne, et jusqu'auprès du cimetière, le long des froides murailles, troublant l'auguste repos des morts, j'ai surpris l'invincible, l'immortelle chanson de l'Amour...

N'est-ce pas une de celles qui bercent l'humanité ?

XII

L'Académicide

Et je continue d'errer par les faubourgs...

Hier, j'ai reçu un billet pour une « grande soirée dramatique et privée » du Théâtre-d'Action. Ce théâtre offre la particularité de n'avoir pas de cadre fixe et de se déplacer selon les jours et les circonstances. Du moins, c'est ce que j'ai lu sur le programme qui indiquait comme lieu de

J'ai surpris l'invincible, l'immortelle chanson de l'amour...

réunion une salle, sise à Levallois-Perret, rue de Courcelles. Diverses attractions s'y trouvaient énumérées. « Mme Blémont, des théâtres de Paris, et Mme Minos interpréteront les chansons de Pottier; le poète Marquisat se fera entendre dans ses œuvres. Partie de concert très soignée. » Cette dernière observation, imprimée en gros caractères, me décida. Et, malgré les fâcheuses intempéries et les rafales de neige qui balayaient les trottoirs, je m'acheminai vers ces quartiers excentriques. Au surplus, j'avais cru reconnaître sur l'enveloppe l'écriture de mon jeune ami Emile Bonheur...

MON FIACRE M'A DÉPOSÉ DEVANT UNE BOUTIQUE DE MARCHAND DE VIN BRILLAMMENT ILLUMINÉE.

Loin, très loin, au delà des fortifications, mon fiacre m'a déposé devant une boutique de marchand de vin brillamment illuminée. Le mastroquet, gros et gras, l'air avantageux, trônait au comptoir.

— Le Théâtre-d'Action?

— Au premier, citoyens.

Un étroit escalier, drapé de rouge, nous y conduit. Tout est rouge, ici: les drapeaux, les fleurs d'immortelles que l'on pique à sa boutonnière, les papiers de propagande, la *Carmagnole*, l'*Internationale* (paroles et musique), et jusqu'aux tickets d'entrée, et jusqu'aux numéros de vestiaire. Au fond de la salle, un ample rideau pourpre dérobe aux spectateurs la vue de la scène. Ils sont assez nombreux, cent cinquante environ, disséminés sur des chaises de paille et qui ont eu du mérite à se déranger par un temps pareil.

Contre la porte, se tient un vieillard à barbe grise. C'est le bibliothécaire du Théâtre-d'Action. Il me propose des pamphlets, des brochures, et tandis que je les feuillette d'un doigt distrait, il me dévisage avec attention.

— Vous aimez les livres?

— Assurément.

— Voulez-vous m'acheter un volume rarissime, interdit par la censure?

— De quel auteur, s'il vous plaît?

— L'auteur est devant vous.

Il a tiré de sa poche un bouquin, dont

la couverture violemment enluminée représente des moines et des ribaudes dansant la farandole dans une église. Comme titre: les *Amours d'un supérieur de séminaire*, par Achille Le Roy. Je considère attentivement M. Achille Le Roy. Il peut avoir soixante ans, ou plutôt il n'a pas d'âge. Sa face ridée, ses yeux fatigués, son dos voûté, l'expression de vague tristesse et de lassitude répandue dans sa personne, indiquent qu'il a beaucoup lutté et vécu. Il est humblement nippé; son paletot montre la corde; il traîne des galoches éculées. Mais, s'il y a de la misère, en lui, il n'y a pas de bassesse. Cet homme a le sentiment d'être un écrivain, un artiste. Il en conçoit de l'orgueil.

— Quel est le prix de l'ouvrage?

— Trois francs.

— Les voici.

M. Achille Leroy sourit avec finesse.

— Permettez-moi, mon cher confrère, d'y ajouter une dédicace... Car je m'y connais, vous êtes de la partie... journaliste, sans doute?

De sa plus belle main, il libelle son hommage:

Témoignage sympathique de l'auteur, Ach. Le Roy, académicide.

L'épithète d'*académicide* accolée à son nom éveille en mon esprit des souvenirs confus...

— Eh! quoi, vous seriez?...

— Mais oui, c'est moi l'Académicide; j'ai juré la perte de l'Académie française... Je m'y suis porté comme candidat... Rappelez-vous!...

Si je me rappelle!... Achille Le Roy est ce fumiste qui se rendit chez les Quarante, affublé d'un uniforme de général bolivien, afin de leur exposer ses titres littéraires et de solliciter leurs suffrages. Cette mauvaise farce est la principale aventure de sa vie; il lui a dû quelques semaines de notoriété; aussi éprouve-t-il de la joie à en retracer les incidents.

— Vous concevez!... C'était au lendemain de la bombe de Vaillant. Tous ces vieux ramollots de l'Institut avaient une peur horrible de sauter. Ils craignaient la dynamite. Lorsque je sonnai chez Jules Simon, il n'osa pas me flanquer dehors, quoiqu'il en eût bonne envie. Il interrogeait

M. ACHILLE LEROY SOURIT AVEC FINESSE

les basques de mon habit chamarré, croyant qu'une marmite en allait surgir. Et cet habit, monsieur, cet habit, si vous saviez les épreuves qu'il m'a causées!

Je n'éviterai pas l'histoire de l'uniforme bolivien. Je me résigne.

— Figurez-vous qu'il me fut confisqué par la police. Et pour comble de malechance, j'avais oublié dans une de ses poches la clef de mon logement. Me voilà réduit à coucher sous les ponts, sans un sol, le ventre creux, poursuivi comme escroc par le brocanteur qui m'avait loué cette défroque... Pourtant je ne regrette rien... l'Académie a tremblé...

Ces gamineries qui auraient quelque grâce chez un étudiant en goguette, sont un peu pénibles dans la bouche d'un vieillard. Mais tout à la fièvre de son récit, l'Académicide ne soupçonne pas qu'il puisse exciter un autre sentiment que l'admiration.

— Elle tremble encore... Nous aurons sa peau... Quand sonnera l'heure de la Sociale, nous réglerons nos comptes ensemble. L'*Académie sera prolétarienne ou elle ne sera plus !*

Et dans les prunelles de M. Achille Le Roy, j'ai vu luire l'espoir des revanches et des vengeances futures....

C'EST LA PREMIÈRE FOIS QUE L'ON FAIT MON PORTRAIT.

Cependant le spectacle s'annonce ; les murmures des assistants le réclament, et l'on juge le moment venu de leur jeter quelque petite chose en pâture. Le voile de pourpre qui masquait l'estrade s'est écarté, et le régisseur du Théâtre-d'Action paraît.

— Citoyennes et citoyens, la détestable température dont nous jouissons ce soir a troublé l'ordre de notre représentation. Nous devions avoir un piano. Nous n'aurons pas de piano. Nous devions avoir Mlle de Blémont. Nous n'aurons pas Mlle de Blémont. Les autres artistes ne sont pas là, mais ils ne sauraient tarder. En attendant qu'ils arrivent, notre excellent camarade Emile Bonheur va vous faire un bout de conférence...

Je m'explique maintenant l'invitation. Mon jeune ami veut me servir un échantillon de son talent oratoire. Il se prépare au métier de tribun. Il s'entraîne en vue de la politique. Et, ma foi, je suis assez curieux d'assister à ses débuts.

C'est lui... Il esquisse un salut un peu gauche ; il roule sa casquette entre ses doigts. Il tousse pour se donner une contenance. La timidité, l'émotion altèrent sa voix.

— Je vais vous dire deux mots sur un sujet qui... sur un sujet dont... Enfin, j'ai choisi une question qui ne peut froisser personne.

Une minute de silence. On attend que le citoyen Emile Bonheur indique le thème de sa harangue. Il reprend :

— Je vais vous démontrer comme quoi Dieu n'existe pas !

Si je ne me pinçais fortement, j'éclaterais de rire. Pauvre Emile ! Dans quel guêpier va-t-il se fourrer ! Mais l'ignorance a toutes les audaces. Elle ne soupçonne pas le danger. Et le brave Emile s'élance à l'assaut de Dieu. Il ânonne les phrases qu'il a entendues dans les réunions publiques, ou qu'il a lues dans le journal, qui lui reviennent par bribes mal digérées, comme des éructations, des hoquets d'ivrogne. Ce sont des arguments naïfs et déduits du « sens commun ».

— On prétend que Dieu est bon. Alors, il ne connaît pas les misères de l'ouvrier,

Les deux fillettes brandissaient le glaive et la torche.

sans quoi il ne les permettrait pas. Et puis, qu'est-ce que ce Dieu, qui a pris mille formes différentes depuis que le monde est monde? Les uns ont adoré un cochon, d'autres un coq, d'autres le soleil. Chacun veut que son dieu *soye* le meilleur. Tout ça, citoyens, ce n'est pas sérieux. Croire en Dieu, c'est respecter le capital et la propriété. Le Dieu des patrons, c'est celui qui fait *fructiver* leurs capitaux.

Ces idées s'entre-choquent dans la cervelle du néophyte comme des noix dans un sac. Il les agite avec frénésie. Il jouit du bruit qu'elles font. La demi-culture qu'il a reçue l'emplit de présomption. Il est en possession de la vérité et de la sagesse. Il en remontrerait aux docteurs. Et il va, il va. Il bavarde, il patauge, il met les pieds dans le plat, la charrue avant les bœufs. Cela pourrait durer indéfiniment. Et l'auditoire endure ce délayage avec une merveilleuse sérénité. Pas un signe d'étonnement ou d'improbation. Il écoute, il avale ce qu'on lui dégoise. Et lorsque l' « orateur », ruisselant, regagne les coulisses, on l'applaudit par habitude et par courtoisie. Emile exulte. C'est un succès!

Je ne retracerai pas le détail de ce qui a suivi. Les artistes persistant à bouder — par effroi de la neige — le Théâtre-d'Action, des amateurs se sont dévoués. Ils nous ont régalés d'une douzaine de romances.

C'est à Naples que l'on aime,
Que l'on aime encor le mieux.

La citoyenne Minos — au nom mythologique — nous a déclamé les *Enfants de la nature*,

Indomptés,
Révoltés,
Luttons pour
Voir un jour
Le doux rêve de l'Amour,
Amour!!!

Entre deux couplets, le peintre Geo Dupuis a abordé M. Achille Le Roy.

— Citoyen académicide, je voudrais prendre votre profil.

Le vieil insurgé est radieux.

— C'est pour le public?

— Avec votre permission.

— Je vous la donne de grand cœur!

Oh! la douceur du rayon de gloire qui chatouille la vanité de l'auteur obscur et verse un baume sur ses plaies secrètes!

Plus gueux que Job et plus fier que Bragance,

le citoyen académicide se drape dans son pardessus.

— Soyez moins solennel, citoyen... le front penché... comme ceci... C'est très bien... gardez la pose...

Il la garderait pendant huit jours, s'il était besoin! Immobile, figé, extasié, il n'est plus de chair, mais de marbre. Et il songe avec ivresse que ses traits vont être immortalisés.

— C'est la première fois, murmure-t-il, que l'on fait mon portrait.

Et, ma foi, il m'a semblé qu'une larme — une larme de joie — perlait au coin de sa paupière gonflée.

Cette représentation du Théâtre-d'Action est désastreuse. Et déjà quelques assistants battent en retraite. Il faut user de moyens énergiques pour les retenir. Le régisseur annonce que l'on va exécuter la *Carmagnole* avec la *mise en scène révolutionnaire*. Et tout le monde se rassied. Le rideau rouge est baissé. Au bout de trois minutes, il se relève. Et un étrange spectacle nous est offert.

Au centre, un prolétaire en bourgeron, les bras croisés, dans une attitude de défi. C'est le chanteur, le ténor. Il est flanqué de deux fillettes, coiffées du bonnet phrygien, et dont l'une tient une torche enflammée, et dont l'autre s'appuie sur un glaive. Au second plan, trois solides gaillards sont plantés, manches retroussées, cols largement ouverts. Et les farouches accents montent vers le ciel:

Le jour où l'on s'insurgera,
Fourches et fusils, ça ira,
Les champs et l'atelier
Ne feront qu'une armée.

A ce moment — au moment du refrain — les deux fillettes brandissent le glaive et la torche, et les trois sans-culottes, sortant de leurs ceintures d'énormes coutelas de cuisine à lames larges et luisantes, feignent de les plonger dans la gorge d'ennemis imaginaires qui se débattent sous leurs mains nerveuses.

Dansons la Carmagnole !
Vive le son
Du canon !

Je dois constater que ce chant, entonné d'une voix vibrante, et rehaussé par cet appareil ingénieux, remporta un triomphe. Emile Bonheur, qui était venu s'asseoir près de moi, s'usait les paumes à force d'applaudir.

— Prenez garde, lui dis-je, que vous acclamez ce que vous condamniez tout à l'heure. Vous traitiez avec mépris le « nommé Dieu » et ceux qui lui rendent hommage. Mais n'est-ce pas un culte nouveau que ce culte socialiste ou collectiviste que vous honorez ? Il a ses ministres, ses cantiques, ses apôtres, ses saints qu'il chôme dévotement ; il a ses cérémonies et ses rites. A la fin de l'année, vous célébrez la « Noël humaine », qui s'oppose à la Noël chrétienne et qui revêt, comme elle, un sens symbolique. N'est-ce point une preuve, mon cher Emile, que l'esprit de l'homme est naturellement incliné vers la piété, puisque dès qu'il est hanté par des convictions ardentes et fortes, il leur imprime une forme religieuse.

Emile résistait secrètement à mes paroles. Il était en défiance. Il a préféré changer d'entretien.

— J'en ai assez de travailler pour un patron qui m'exploite. Je vais essayer de me faire embaucher par Favaron.

— Favaron ?

— C'est le chef de l'association ouvrière des charpentiers de Paris. Les compagnons y gagnent gros d'argent comme eux. Ils ont touché 8.000 francs chacun, l'an dernier, en plus de leurs salaires.

— Emile, je vous souhaite toutes sortes de prospérités.

Comme je sortais, Achille Le Roy m'a saisi au passage :

— Avez-vous connaissance des vers que l'on a écrits sur moi, quand je me suis présenté à l'Académie ?

Et m'empoignant par un bouton, pour m'empêcher de fuir, Achille Le Roy susurra :

Le fait sera peu naturel
Si l'on voit en tête des listes
— Quel bonheur pour les royalistes ! —
Le Roy devenir immortel.

En arrivant sous la coupole,
Il dira sans prétention
Son discours de réception
Sur l'air de notre *Carmagnole*.

Après un éclatant hourra,
Ces messieurs de l'Académie,
Tous en chœur, avec bonhomie,
Répondront par le *Ça ira*.

Et s'ils trouvent, douleur amère,
Que Le Roy, malgré ce succès,
N'écrit pas très bien le français...
Vrai ! ça ne les changera guère.

— Bonsoir, citoyen, bonsoir !

J'ai sauté dans le tramway d'Asnières-Saint-Augustin, qui m'a arraché aux effusions du redoutable Académicide.

XIII

On est mieux ici qu'en face

Le père Bonheur est mort.

Je viens de recevoir un billet ainsi conçu :

SOLIDARITÉ UNIVERSELLE

L'UNION FAIT LA FORCE

CITOYEN ET CITOYENNE,

Un anneau de la chaîne mystérieuse vient de se briser.

Le citoyen BONHEUR (Emile), sa mère et ses sœurs, ont l'honneur de vous faire part de la perte de PIERRE-ALEXIS BONHEUR, leur père et époux, subitement décédé dans sa 65e année, le 31 mars 1901.

Les obsèques civiles auront lieu le *mardi 2 avril, à 3 h. 1/2 précises.*

Nous vous prions instamment de vous joindre à nous pour rendre les derniers devoirs au regretté PIERRE-ALEXIS BONHEUR.

Gémissons ! Gémissons !! Gémissons !!!

L'inhumation se fera au cimetière de Pantin.

Je me suis dirigé vers le cimetière de Pantin. On y accède par les quartiers les plus ingrats de Paris, les rues grises et populeuses de la Villette, la cité sinistre des abattoirs ; on traverse le faubourg d'Aubervilliers, aux maisons sombres, aux louches devantures de mastroquets ; on longe la route de Flandre, plantée d'arbres rachitiques, et sur laquelle, en plein vent, les chiffonniers étalent leur bric-à-brac : vieilles ferrailles, cordonneries d'occasion, loques miteuses, bicyclettes fourbues.

Les chiffonniers étalent leur bric-à-brac.

A mesure qu'on avance, d'autres boutiques apparaissent, les industries funèbres et qui vivent de la mort. Ce sont des fleuristes, de tout petits fleuristes, qui vendent d'humbles objets, d'imperceptibles pots de résédas, noyés dans d'immenses feuilles de papier blanc, des couronnes de perles et de feuillage, des mains entrelacées, de naïfs emblèmes, qui touchent l'imagination du peuple et s'accommodent à ses faibles ressources. Il ne lui en coûte que quelques sous pour honorer ceux qu'il pleure.

Enfin, comme on ne peut pas sécher dans les larmes et qu'il faut bien, n'est-ce pas ? se consoler, des fourneaux sont installés à même le trottoir ; les rondelles de pommes de terre, les éperlans, les beignets mijotent dans la graisse des fritures. Et d'innombrables guinguettes s'élèvent autour du champ de repos. Leurs enseignes sollicitent les passants ; elles sont hospitalières et cordiales. *Aux enfants de l'Aveyron, Aux Amis de Ménilmontant, Aux Vendanges d'Argenteuil.* Certaines affectent une physionomie plus décente : *A la Réunion des familles, A la Fraternité.* Mais il en est aussi de tout à fait débraillées : *Au bon Coin, Au Père Coin, le plus ancien du pays.* D'autres visent à l'esprit : *Où allons-nous ??? Boire un coup de piccolo.* La plus propre de ces officines porte l'inscription suivante tracée en rouge vif, sur fond jaune :

ALLONS CHEZ EUGÈNE
ON EST MIEUX ICI QU'EN FACE

Ces lugubres facéties me donnent la nausée. Et je franchis l'enceinte du cimetière. Le portier, que j'interroge, au sujet du convoi de Pierre-Alexis Bonheur, extrait de sa poche une large feuille, et m'indique une lettre, un G majuscule, tracée en regard du nom de Bonheur.

— C'est un enterrement gratuit... fosse

commune... Seconde allée à gauche... Huitième carré à droite, à l'angle de l'avenue des Mûriers et de l'avenue des Vernis.

Il ajoute obligeamment :

— La levée du corps s'est opérée à deux heures. Vous avez une bonne demi-heure devant vous.

Et je reviens sur mes pas. Un personnage que je n'avais pas remarqué d'abord me tire son chapeau d'une façon fort civile. Je reconnais Gustave Tellier, accouru, comme moi, pour remplir un pieux devoir envers notre jeune ami.

— Je croyais, dis-je, que le père Bonheur était guéri. J'étais loin de m'attendre...

— C'est toute une histoire...

Gustave Tellier prit un air sévère, et même un peu fatal, approprié à la circonstance. Cet ouvrier est né comédien. Il a reçu de la nature le don d'exprimer d'une manière infiniment pittoresque, ce qu'il ressent ou ce qu'il croit ressentir. Nous fîmes les cent pas entre le cabaret du *Bon Coin* et le cabaret d'Eugène, *On est mieux ici qu'en face*. J'appris dans ses détails la fin tragique de Pierre-Alexis Bonheur. Gustave Tellier mit en son récit une couleur et un art qui m'inspirèrent de l'admiration.

L'incorrigible ivrogne, interné à Sainte-Anne, depuis trois mois, recouvrait la santé. Il n'avait plus de troubles nerveux, d'hallucinations. Quand le docteur Joffroy le jugea suffisamment rétabli, il le manda dans son cabinet et lui dit:

— Vous n'êtes plus malade. Vous êtes libre. Mais vous allez me jurer de ne jamais absorber une goutte d'alcool. Vous m'entendez bien. Plus d'apéritif, plus de pousse-café, plus de vin. Rien que du lait et de l'eau.

Il appuya ces conseils d'un regard terrible :

— Si vous entrez chez le mastroquet, vous êtes mort.

Le vieux Bonheur proféra le serment exigé et protesta de l'horreur qu'il avait des petits verres. Il partit. Mais la route est longue, de la Glacière à Montmartre. Jusqu'au pied de la butte, il fila droit devant lui, inaccessible aux tentations. Quand il eut gravi la rue des Martyrs, il commença de traîner la jambe; il avait la gorge sèche. Sur le boulevard de Clichy, il éprouva l'impérieux désir de s'asseoir. Les bancs étaient occupés. Au seuil d'un débit, des chaises et des guéridons de marbre l'attiraient. Il y prit place. Le garçon lui demanda en courant: « Une verte, n'est-ce pas? » et lui versa la délicieuse et meurtrière liqueur. Le pauvre homme était perdu. Son vice le ressaisissait; sa rage de boire, mal domptée, se réveillait; de folles griseries lui montèrent au cerveau. Sa main tremblait de joie; il riait, il chantait; il était heureux.

— Ce qu'il étouffa d'absinthes, ce jour-là, est inimaginable, poursuit Gustave Tellier. Il eut tout juste la force de regagner son logis. Il tomba comme une brute dans les bras d'Emile qui s'arrachait les cheveux de désespoir... Le lendemain, il claquait...

Gustave Tellier ajoute philosophiquement:

— Au moins, ça n'a pas traîné!... Lorsqu'ils sortent de Sainte-Anne, voyez-vous, un peu plus tôt, un peu plus tard, ils repiquent... C'est inévitable... Alors!...

Et il conclut:

— A quelque chose malheur est bon. Du coup, Florise s'est raccommodée avec sa mère et sa sœur. On a pleuré ensemble. On s'est embrassé... Dame!... Je ne garantis pas que ça dure...

Tandis que nous devisons, les cabaretiers sont sortis de leurs boutiques, la serviette sous le bras, et nous convient à y pénétrer.

— Citoyens, dit le père Coin, venez donc vous rafraîchir.

— Venez vous réchauffer, dit M. Eugène, j'ai du punch bouillant.

M. Eugène est foncièrement gai. Il reprend en manière de plaisanterie:

— On est mieux ici qu'en face.

Derrière les glaces de la devanture, je discerne une infinité de tables recouvertes de toiles cirées, un régiment de flacons, de bouteilles, de verres alignés, des piles d'assiettes, des fromages, des pommes, des

œufs durs, des galantines, des pains dorés. Cet étalage ne me séduit pas et le racolage de M. Eugène offense toutes mes pudeurs. Gustave Tellier m'a pressé le coude:

— Ce sont eux.

Effectivement, un corbillard s'avance vers le cimetière.

GUSTAVE TELLIER M'A PRESSÉ LE COUDE.

C'est le convoi de dernière classe, le convoi des indigents. Le char n'a point de franges ni de plumets. Il est nu. Deux minces couronnes y sont accrochées, l'une offerte par les « camarades de l'atelier », et l'autre par les « locataires de la maison ». J'achète une botte de muguets et je me joins au cortège. En tête marche Emile Bonheur, décoré de l'immortelle rouge; et près de lui un vieillard à longue barbe et qui doit être un dignitaire ou un délégué des loges. Puis viennent trois femmes en deuil. Je retrouve sous le pli raide des voiles, les silhouettes de la mère Bonheur, de Florise et de Pauline...

Sinistre, ce cimetière; trop neuf, aménagé à la hâte, improvisé pour les besoins d'une grande ville qui ne sait pas où caser ses morts. La verdure y est rare; les allées n'y revêtent pas ce caractère de tristesse auguste qui communique tant de majesté au Père-Lachaise. Ce sont des voies publiques, des boulevards. Longtemps nous y cheminons. D'autres enterrements nous précèdent. Il y a foule aujourd'hui. La fosse commune est encombrée.

Nous y voilà. C'est une immense tranchée béante, un fossé banal, où les cercueils sont rangés côte à côte et se coudoient, comme les passants de la rue, sans se connaître. Une tranchée est déjà comble, une seconde vient de s'ouvrir. Sur le talus, une sorte de plancher grossier est établi, qui permet de circuler, sans s'abîmer dans la boue. Et l'on ne sait vraiment, à voir ces matériaux épars, ces plâtras, ces terrassiers en bourgerons bleus, si l'on se trouve contre un remblai de chemin de fer, dans une cour d'usine, dans un chantier de démolition.

Pourtant, des croix se dressent au ras du sol. Oh! les pauvres croix, mal plantées, de guingois, et qui titubent! Les croix lamentables, où de petits bouquets sont ficelés et qui ressemblent, ainsi coiffées, à des folles! Les croix échevelées, souillées de boue, où pendent des papiers chiffonnés et des fleurs pourries! Au pied de l'une d'elles, une main pieuse a déposé un rosier minuscule, un bout de rosier, pas plus haut que ça, et qui paraît tout surpris de vivre. Et comme on n'avait pas de pot, on a mis le petit rosier dans une boîte de conserve. Et sur la boîte flamboient ces mots: *Tomates en purée, produit extra.*

Mélancolie...

L'inspecteur du cimetière adresse de vives admonestations à l'un des fossoyeurs. Je m'approche.

— Vous perdez du terrain, dit cet homme. Vous savez que les bières d'enfant doivent être placées *bout à bout*. Tenez! En voici une qui s'amène...

Elle arrive, en effet, chétive et toute menue; le croque-mort la tient sous sa mante, comme un paquet. Il la tend au terrassier, qui lui cherche une place et la cale soigneusement, gentiment, avec une douceur maternelle. Le rude ouvrier ne s'intéresse pas à cette dépouille qu'on lui confie; et, toutefois, il y a, dans ses mouvements, comme un certain respect attendri... Les gens du peuple ont de ces instinctives délicatesses.

C'est notre tour. Le père Bonheur gît au fond du trou, où il va dormir d'un si tranquille sommeil, après une existence si vainement agitée. La branche d'acacia symbolique est lancée sur son frêle cercueil de sapin. Nous y jetons une pincée de terre brune que nous offre, sur sa pelle, le fossoyeur; les femmes se signent, accomplissant par un reste d'habitude ce geste qu'on leur enseigna jadis. Leur vague pitié, en ce moment, se ranime. Emile Bonheur m'a exprimé, par une muette étreinte, sa gratitude. Tout est fini. Nous nous retirons, croisant les nouveaux convois, qui, sans trêve, se succèdent. Interminable défilé de miséreux — les plus à plaindre n'étant pas ceux que recouvre le drap des pompes funèbres.

La ville des morts s'emplit.

— Maman, veux-tu te reposer un brin?

— Ce n'est pas de refus.

M. Eugène « On est mieux ici qu'en face » s'est empressé. Florise se dérobe à ses politesses. Elle refuse de s'asseoir.

— Il faut que je rentre. J'ai à terminer ma douzaine de jupons.

Elle s'approche de sa mère, qui la serre mollement, très mollement contre son châle de laine. Baiser indifférent à Emile et à Pauline. A moi, une poignée de main discrète, accompagnée d'un joli regard... Elle s'éloigne, la taille onduleuse, d'un pas souple et rapide. Elle est charmante dans ses habits de deuil. Et le noir lui sied très bien.

— Florise a du travail, maintenant? dit Emile.

— Sans doute, riposte aigrement sa mère. *Puisqu'on la protège!...*

Je saisis l'allusion et je prends congé de la famille Bonheur. Je monte dans l'omnibus qui va me ramener à la barrière.

— IL FAUT QUE JE RENTRE, J'AI A TERMINER MA DOUZAINE DE JUPONS.

Et voilà qu'au carrefour des Quatre-

Chemins, au centre d'Aubervilliers, j'aperçois un groupe trottinant. Un garçon d'assez bonne mine, proprement accoutré. Et près de lui une jeune femme encapuchonnée de crêpe. Pas de doute, c'est elle! C'est Florise. Elle se tient décemment. Elle presse le pas. Elle paraît troublée. Mais enfin il lui parle; — et elle l'écoute. Il guettait son passage. Quelque rendez-vous, peut-être...

Florise! Florise! où vas-tu? Et quelle est cette conduite?

Avril est né. Les bourgeons éclosent. Et quand vient le printemps, l'amour fleurit sur les tombes...

XIV

La cité des compagnons

Le maire de Montmartre, mon vénérable ami M. Pugeault, qui veut bien s'intéresser à ces études sur les milieux faubouriens, m'a dit hier :

— Il me semble que les affaires de la famille Bonheur ne s'arrangent pas trop mal. Florise est installée dans son petit logement de la rue Cortot. Elle a pris à crédit chez Dufayel un modeste mobilier et une machine à coudre. Le travail lui arrive; et bientôt elle n'y pourra plus suffire elle-même. Elle est en passe de devenir une « entrepreneuse », comme son ancienne ennemie Mme Poirot... Et pourvu que l'amour ne lui fasse pas commettre quelque sottise...

Ici M. le maire a hoché la tête et son sourire s'est aiguisé d'ironie :

— C'est que je les connais, nos jeunes Montmartroises. Elles sont terriblement sentimentales. La solitude leur pèse. Et, presque toujours, elles placent d'une façon misérable leur tendresse. Florise est gentille. Elle vous a une frimousse appétissante. Elle commence à gagner sa vie. Je suis sûr qu'un tas de malandrins rôdent autour d'elle. Mais je la surveille, sans en avoir l'air. Voyez-vous que nous ayions capitonné le nid où l'un de ces mauvais gas viendrait se blottir! Cela, non! Ça ne se passera pas ainsi!

M. le maire a dans les mains des moyens d'informations que je n'ai pas, moi, simple particulier; ses conseils ont du poids. Je sais qu'il en a donné d'excellents à Florise et qu'elle lui a promis de les suivre. Il l'a mandée plusieurs fois chez lui et l'a paternellement interrogée. Aussi peut-il me renseigner très exactement.

— Pardon, lui dis-je. Vous prétendez que Florise est seule dans son appartement de la rue Cortot... Et sa bonne camarade Charlotte Vernon, avec qui elle devait s'établir?

— Il y a beau temps qu'elles sont brouillées. Charlotte a accusé son mari de « faire de l'œil » à Florise. Et Florise est partie, pour ne pas justifier ces soupçons. Les femmes du peuple sont excessives dans leurs sentiments. Elles s'adorent. Et du jour au lendemain, sur un mot, sur un ragot de portière, elles se déchirent et se haïssent.

— Pauvre Florise!... Pas de chance!... Et sa sœur Pauline?

— Pauline est entrée à l'Opéra-Comique, à l'école des chœurs.

— Et son frère Emile?

— Emile est employé comme auxiliaire chez Favaron, dans les chantiers des Charpentiers de Paris.

J'ai souvent ouï parler de ce M. Favaron, humble artisan devenu chef d'une énorme entreprise, s'enrichissant à mesure que s'enrichissent ses ouvriers, vivant avec eux sur un pied d'égalité fraternelle. M. Pugeault m'a vivement exhorté à lui rendre visite:

— C'est un patron et ce n'est pas un patron. Il est tutoyé des compagnons qu'il dirige. Et ceux-ci se sont réjouis quand il a reçu dernièrement la rosette de la Légion d'honneur. Ces associés forment ensemble une sorte de république idéale. Il y a là un phénomène social et psychologique qui mérite d'être examiné. Mais le citoyen Favaron se lève à l'aube. Allez le joindre au saut du lit.

Ce matin donc, à sept heures, je me suis dirigé vers la rue Labrouste, au fond de Vaugirard, où s'élèvent les ateliers des

Charpentiers de Paris. M. Favaron était déjà devant son bureau. Lorsqu'on lui a remis ma carte, j'ai surpris par la porte entre-bâillée, son bras qui dessinait un geste de dépit, accompagné d'une phrase dont le sens m'a échappé, mais qui n'était point bienveillante. Je troublais M. Favaron dans ses travaux et il m'envoyait à tous les diables. Pourtant, il donna l'ordre de m'introduire et m'accueillit avec affabilité. C'est notre rôle, à nous autres, et notre devoir d'être importuns. Je m'excusai pour la forme et j'avertis M. Favaron qu'il ne se délivrerait pas aisément de moi et qu'avant que ma curiosité fût satisfaite, deux heures au moins, ou trois heures s'écouleraient. Il n'a pu s'empêcher de rire :

— Vous voulez que je vous raconte comme « c'est arrivé » ?

Je me suis accommodé dans mon fauteuil. Il s'est calé dans le sien.

— Je vous demande seulement la permission de donner mes ordres.

Et tandis qu'il s'occupe de ces soins urgents, je considère sa physionomie. Elle est empreinte d'énergie et de finesse. Le visage est plein et coloré, la barbe drue, le front volontaire, le torse court et râblé. La calme franchise et la douceur des yeux bleus atténuent ce qu'il peut y avoir de trop violent et d'un peu vulgaire dans ces traits. L'ensemble éveille la sympathie. Dès que M. Favaron a ouvert la bouche, on est à l'aise avec lui. A peine a-t-on perçu le son de sa voix et déjà l'on s'imagine connaître de longue date ce bon garçon dont la bonhomie ne laisse pas d'être attentive et prudente. Il est du Midi. Son accent l'atteste. Et les Méridionaux sont les plus expansifs et les plus rusés des hommes.

PAULINE EST ENTRÉE A L'OPÉRA-COMIQUE A L'ÉCOLE DES CHŒURS.

— Il me faut votre histoire, je ne vous ferai grâce d'aucun détail.

Mon Dieu ! puisque cela m'est agréable, M. Favaron se résigne à contenter mon désir. Il a expédié ses commis. Autour de nous, les scies ronflent, les volants tournent, les cheminées fument, la ruche bourdonne. Nous sommes tranquilles. Profitons de ce moment de répit.

— Vous pensez bien, monsieur, que je suis un enfant de la balle. J'avais dix-huit ans quand je passai à Toulouse mon examen de compagnon-charpentier. Aussitôt après, je commençai mon tour de France.

Beaucoup de gens supposent que ce vieil usage est aboli. C'est une erreur. Il subsiste. Il est plus honoré que jamais. Autrefois, le compagnon se mettait en route, à pied, son baluchon sur l'épaule. Maintenant il voyage en chemin de fer. A cela près, la tradition s'est religieusement maintenue. D'un bout à l'autre du pays, les compagnons charpentiers se soutiennent. Le compagnonnage est entouré de garanties sévères. On n'y admet que de bons sujets, habiles de leurs doigts et jouissant d'une réputation intacte. Tout nouveau compagnon est réputé honnête et loyal. Lorsqu'il traverse une ville, en continuant son tour de France, il se rend chez la *mère*, c'est-à-dire à l'auberge où les charpentiers ont coutume de tenir leurs assemblées. La patronne du lieu le nourrit, le loge, le soigne s'il est malade ; il s'acquittera envers elle aussitôt qu'il le pourra. Elle est aidée dans sa tâche maternelle par le délégué des compagnons, que l'on nomme le *rouleur*, et qui sert de guide aux camarades fraîchement débarqués. C'est le Mentor de ces Télémaques. Il les instruit, les protège, leur cherche des besognes bien rémunérécs.

Ainsi, d'étape en étape et de *rouleur* en *rouleur*, le néophyte complète son éducation. Celle de M. Favaron était consommée, ou à peu près, quand il arriva à Paris, vers 1882. Il descendit chez la *mère*, une brave cabaretière de la rue d'Allemagne qui, depuis un demi-siècle, héberge les compagnons. Elle lui procura une place convenable dans la banlieue, à Saint-Germain-en-Laye. Mais, à ce même moment, les charpentiers parisiens se soulevèrent. La grève fut proclamée. Et Favaron conçut un projet ingénieux. Sous ce crâne de vingt ans, de vastes desseins bouillonnaient. « On ne s'accorde pas avec les entrepreneurs, se dit-il, qu'on les supprime ! Travaillons pour notre compte. Associons-nous et fondons une maison. » Un embryon de société ouvrière existait à la Villette. Il s'y faufila. Son extrême jeunesse l'empêchait d'être pourvu du titre de directeur. Il en exerça, comme secrétaire, les fonctions. Et les charpentiers de la Villette, qui n'étaient rien, jaillirent de l'ombre et devinrent quelque chose.

— Ah ! la dure période ! s'est écrié M. Favaron. J'assiégeais les architectes qui me toisaient avec dédain. Qu'était-ce que cet impertinent qui marchait sur les brisées des entrepreneurs ? Nous étions exclus des adjudications de l'État. On nous traitait en pestiférés. Et je me rongeais les poings. J'en perdais le boire et le manger. Et pendant la nuit, ne pouvant dormir, je hurlais: ou je crèverai, ou les charpentiers de la Villette réussiront.

Ils réussirent. Ils édifièrent, en 1885, pour l'exposition du travail, un pavillon qui fut remarqué. Des hommes politiques, Floquet, Paul Doumer, Léon Bourgeois, Paul Deschanel, favorisèrent leur essor. Les commandes affluèrent. En 1892, ils possédaient une réserve de 248.000 francs. Favaron n'était pas mort. Il se félicitait de ce magnifique résultat. Cependant, il crut remarquer qu'une conspiration s'organisait sournoisement à l'effet de battre en brèche son autorité. Les séances du conseil étaient houleuses. Un compagnon proposa d'augmenter le taux des salaires. Un second, plus agressif, réclama le partage des 248.000 francs. Favaron combattit, de toutes ses forces, ces deux résolutions. Il obtint qu'elles fussent ajournées. Puis il tomba malade et les associés, profitant de son absence, décidèrent que le magot serait immédiatement « boulotté ».

— A quoi bon garder cet argent en caisse ? Il nous appartient, c'est le fruit de nos sueurs.

A la réunion suivante, Favaron se déchaîna contre leur imprudence et leur égoïsme.

— Je n'ai plus votre confiance ! Bonsoir ! Je vous tire mon chapeau !

Il les quitta, en effet, malgré leurs protestations et leurs prières. Il fut remplacé par trois, quatre, cinq directeurs qui ne firent que paraître et disparaître, tour à tour investis et dépossédés du pouvoir suprême. Les charpentiers de la Villette glissaient sur la pente de l'anarchie. Et Favaron, à qui cette aventure servait d'enseignement, jurait de ne plus choir dans le même précipice, désormais, son opinion était arrêtée, et il me l'a exprimée très rondement :

— C'est très joli, le régime parlementaire, mais en matière d'industrie, c'est désastreux. Si j'ai mal géré vos intérêts, chassez-moi ; mais en attendant, f...-moi la paix ! Que j'agisse à ma guise ! Que je sois libre ! Nulle entreprise humaine ne progresse que si elle a à sa tête une volonté unique et intelligente.

Tzinn !... Tzinn !... Tzinn ! ! ! Allô !... Allô !

— Vous permettez ?

Je crains d'être indiscret. Je vais m'éloigner. Mais M. Favaron me retient. Il s'est échauffé à me retracer sa vie. Il n'en est qu'à la moitié du récit. Et puis, nous touchons à des matières fort délicates. Et sans doute il n'est pas fâché de me faire part des observations que l'expérience des affaires et le commerce des hommes lui ont suggérées...

Tzinn !... Tzinn !... Tzinn !...

— Plus tard !... Je suis occupé !... Je vous verrai tout à l'heure...

M. Favaron décommande ses rendez-vous. Il raccroche avec impatience les récepteurs du téléphone. Et nous voilà ramenés à notre entretien.

— Vous concevez, reprend-il, la méchante humeur où j'étais en 1893. Dix ans d'efforts perdus — et quels efforts ! On se suicide à moins. J'avais une revanche à prendre. Je la voulus éclatante et décisive. Et je bougonnai encore, dans mon for intérieur : « Ou tu triompheras, Favaron, ou tu te feras sauter la cervelle ! »

Il s'interrompt et d'un ton cordial :

— Si j'avais voulu m'établir à mon compte, comme entrepreneur, c'était facile. Beaucoup de clients me restaient fidèles et assuraient ma fortune. Mais quoi ! la fortune, ce n'est pas amusant quand on en profite seul !

Je regarde M. Favaron, pour discerner s'il est sincère en prononçant ces paroles. Et je vois luire, dans ses yeux clairs, comme un rayon de joie. Cette joie s'accentue à mesure qu'il poursuit sa narration. Il est heureux de m'apprendre ses succès. Il en est fier. Il exulte. Et vraiment ce n'est pas une vanité sotte qui s'étale en lui, la béate satisfaction du parvenu, ravi d'évoquer d'anciennes misères et s'épanouissant dans l'orgueil de la victoire. Assurément, M. Favaron a conscience de son mérite, il se sait gré de son désintéressement ; il n'ignore pas qu'il est le principal rouage et l'âme du petit monde qu'il a créé. Mais il sait aussi que son œuvre est grosse de conséquences et qu'elle est liée aux problèmes de la « question sociale », et qu'elle peut contribuer, par son exemple, à les résoudre. Oui, M. Favaron sait tout cela et c'est là source de l'enthousiasme qui luit en ses yeux et éclate en ses paroles. Cet homme d'affaires, roublard et madré, est un apôtre. Et sa foi, comme celle des apôtres, se communique. Positivement, j'éprouve une sorte d'allégresse à suivre son odyssée.

Lorsqu'il se fut séparé des charpentiers de la Villette, il battit le rappel. Une vingtaine de vieux compagnons l'entourèrent ; ils groupèrent leurs ressources, chacun versant à la masse ses économies. Et voilà comment naquirent les Charpentiers de Paris. Ils louèrent le chantier de la rue Labrouste, achetèrent des matériaux, des outils, et, retroussant leurs manches, avant d'attaquer leur premier ouvrage, ils se promirent de vivre immuablement unis.

— Il y a huit ans que nous turbinons ensemble, a continué M. Favaron. Notre accord n'a jamais été troublé. Et quant au résultat, jugez vous-même.

Il entre-bâille son coffre-fort ; il en extrait des registres ; il me soumet des bilans ; il explique les chiffres ; il les commente.

— Nos ouvriers touchent le salaire habituel qui est de dix-huit sous de l'heure. En plus, ils sont tous intéressés dans les bénéfices. Leur part, la part de travail, s'est élevée, pour le dernier exercice, à 4.002 fr. 20. Tenez, feuilletez le livre d'émargement.

Je vis, en effet, de lourdes signatures, paraphées par des mains illettrées et rudes et donnant quittance de ces sommes.

— Ils viennent de palper. Le roi n'est pas leur cousin. Songez donc! Quatre mille francs qui tombent dans un petit ménage! Et ceux qui ont apporté leur argent à la cagnotte, les vingt-huit compagnons d'origine, nos vingt-huit « actionnaires », reçoivent, en outre des 4.002 fr. 20, un dividende de 60 % pour le capital qu'ils ont versé. Ce sont des richards. Ils rêvent de se faire bâtir des maisons à la campagne.

— Alors, fis-je ingénument, ces messieurs ne sont pas collectivistes?

Favaron se tord littéralement, tant ma remarque lui semble comique.

— Le collectivisme, dit-il, c'est l'utopie, la chimère. A quoi bon chercher si loin la solution qui est là, tout près de nous?

Il s'est levé. Entre son coffre-fort béant et sa table chargée de paperasses, il pérore, il m'expose son système. La fleur rouge qui s'épanouit à sa boutonnière, ce n'est pas l'immortelle socialiste, c'est un emblème aristocratique, c'est la rosette des puissants patrons. Et pourtant, cet homme est un ouvrier. Il a conservé, par coquetterie, le pantalon à la hussarde, le large pantalon bouffant des compagnons du devoir. Et le succès ne l'a pas éloigné de ses origines. Son cœur est demeuré « peuple ». Ecoutez-le.

— Les travailleurs constituant eux-mêmes leur capital, confondant leurs ressources, les faisant fructifier; puis, les bénéfices réalisés, y puisant fraternellement, tous égaux devant le salaire et le dividende, tous intéressés au développement de l'entreprise; et, par suite, tous ardents à la besogne, tous pressés de l'accomplir; tous laborieux, tous zélés... Je vous le demande, n'est-ce pas la logique, la raison mêmes?

Et pourtant cet homme est un ouvrier.

Il m'interpelle; il m'électrise; il veut m'arracher une approbation formelle. Cependant, je risque une timide objection. Il faut compter avec les défaillances et les mauvais instincts. S'il y a, parmi les associés, quelque brebis galeuse?... Mais M. Favaron ne me laisse pas achever :

IL M'A PILOTÉ A TRAVERS SES ATELIERS, SES HANGARS, OU DES FORÊTS DE MADRIERS S'ENCHEVÊTRENT.

— Les brebis galeuses? On les supprime. Si l'un de nous a fauté, le conseil se réunit. Et ça ne traîne pas. En deux temps trois mouvements la place est nettoyée. Mais ces exécutions sont très rares. Voyez-vous, monsieur, on calomnie l'ouvrier. Il est sensible aux bonnes paroles. Il faut le prendre par les sentiments. L'autre année, un de nos auxiliaires lâchait le chantier pour aller courir la gueuse. Je convoquai les camarades qui devaient prononcer son expulsion. Avant la séance, je le sermonnai, lui reprochant sa conduite et le désordre où il nous jetait. Il fondit en larmes. On lui fit grâce. Et depuis ce jour, monsieur, c'est un lion. Oui, monsieur, c'est un lion!

Ce diable de Favaron voit tout en rose. Il vous rendrait optimiste.

Il m'a piloté à travers ses ateliers, ses hangars, où des forêts de madriers s'enchevêtrent. Les marchandises affluent dans les magasins. La caisse sociale regorge d'or et contient une importante réserve.

— Car nous ne recommencerons pas les bêtises des chantiers de la Villette. Je ne le souffrirais pas!

M. Favaron a dit cela d'un certain air... J'ai cru entendre Napoléon, parlant à ses maréchaux. Et soudain il est redevenu simple et bonhomme. Il m'a désigné un personnage en bourgeron bleu qui s'occupait à mesurer des poutrelles.

— Je vous présente un de nos « actionnaires ». Il a mis dans la société son patrimoine, tout ce qu'il possédait, en grattant ses tiroirs, 8.500 francs, qui lui ont rapporté cette année 5.100 francs de dividende. Ajoutez-y les 4.002 fr. 20 et 3.000 fr. de salaire. Il n'est pas à plaindre! Du reste, il bûche, faut voir! C'est un lion!

L' « actionnaire » ne se plaint pas; il continue d'auner son bois, paisiblement, comme s'il n'avait pas douze mille livres de revenu.

— Tu vas bien? dit Favaron en passant.

— Ça va toujours, patron. Et toi même?

Ces ouvriers quasi-millionnaires, ce patron que l'on tutoie et qui est tout ensemble un camarade débonnaire et un maître impérieux : ces choses me déconcertent, m'inquiètent et me grisent. Je ne sais plus où je suis. Quel est ce petit monde patriarcal et moderne, contemporain d'Abraham et de Fourier? Et quel est ce Favaron, ce chef de tribu, ce roi David, officier de la Légion d'honneur?

— Ne me cachez rien, lui dis-je. Ils ne sont pas jaloux de votre rosette?

— Mais non.

— Enfin, vous, personnellement, vous gagnez beaucoup d'argent?

— Les compagnons m'attribuent 20 % sur les bénéfices.

— Parfait!

— Plus un traitement fixe.

— C'est au mieux!

— Plus une voiture, coupé ou victoria, selon la saison.

— Mes compliments!... Et vraiment, là, ils ne vous trouvent pas trop riche!

— Ils ne me l'ont jamais dit.

M. Favaron sourit. Mon scepticisme l'amuse. Et j'insiste encore :

— Si les affaires périclitaient, vous garderaient-ils la même affection?

— Si les affaires périclitaient, peut-être bien serait-ce de ma faute!

On ne prend pas les Gascons sans vert. Ils ont réponse à tout. M. Favaron, redevenu subitement sérieux, conclut avec gravité :

— Je vous le répète, aucune entreprise humaine ne peut prospérer sans une tête qui la dirige. Quand la tête devient mauvaise, on la coupe. Si je me trompe, on me frappera, mais, jusque-là, je ne veux pas qu'on m'...embête!

Ces mots, soulignés d'un froncement de sourcils, ont mis fin à notre conversation. Je suis fixé. Le citoyen directeur est un tyran, un bon tyran, résolu à ne pas se laisser mécaniser. Au reste, pour le quart d'heure, les compagnons n'y songent pas. Ils s'engourdissent dans leur bien-être. Ils sont radieux. Ils ont des chansons aux lèvres. Dans un coin du chantier, l'un d'eux — n'est-ce pas notre ami Emile Bonheur dont j'aperçois au loin la silhouette? —

fredonne le *P'tit Charpentier*, cousin-germain du *P'tit Ebéniste.*

Si, quelquefois, vous flânez le dimanche,
Dans la semaine on vous voit au labeur.
Vous vous mettez du pain blanc sur la planche,
Echafaudant de longs jours de bonheur.

Et plusieurs voix ont entonné le refrain :

Que j'aime à voir tout autour de ma table
Des travailleurs, troupe charmante,
Des camarades de la charpente...
Que c'est comme un bouquet de fleurs !

Lorsque je suis sorti dans la rue Labrouste, le cheval noir de M. Favaron piaffait, impatient d'un trop long repos. Au-dessus des murs, montait le couplet blagueur et naïf des compagnons. Et tout en cheminant, je me sentais encore tout étourdi par tant d'activité, d'entrain, d'espérances. J'étais assailli de mille impressions diverses. Cette tentative avortera-t-elle comme tant d'autres, secrètement rongée par le ver de la politique ? Echappera-t-elle aux divisions et aux haines ? Marquera-t-elle une étape vers la société future ?

Que de dangers menacent ce jeune rameau ! Et cependant la sève le gonfle. Et il a bien envie de fleurir.

XV

Filles et fillettes du faubourg

Depuis qu'on sait que je m'occupe de la famille Bonheur, je reçois de toutes parts des communications intéressantes. On me signale des infortunes à soulager, des énergies et des courages à soutenir ; on me signale aussi des monstruosités, des abus ; et l'on m'indique des figures étranges, des « cas » psychologiques propres à dérouter l'observateur et qu'aucune analyse ne saurait élucider. Pourtant, ces complications sont assez rares. Le plus souvent ce sont des êtres très simples que je rencontre, et qui pratiquent avec naïveté la vertu, ou bien s'abandonnent ingénument au vice. Leur conscience, presque toujours, est faussée. Souvent, elle n'a pas eu l'occasion de s'éveiller.

— Voyons, Fathma ! Veux-tu te taire ?

Et de grand matin, je pars ; je grimpe des étages, je frappe aux portes, qui s'entr'ouvrent timidement, et la première surprise passée, je recueille des confidences et je surprends des détresses dont j'ai le cœur ému. Parfois, j'accompagne dans ses courses un commissaire de l'assistance publique et je l'aide à remplir sa mission bénévole et discrète. Ah ! que de spectacles tragiques nous sont offerts ! Et que les drames de la scène nous semblent froids, auprès des drames réels ! Je voudrais fixer quelques-unes des physionomies que j'ai pu entrevoir au cours de ces promenades et les jeter toutes vives sous vos yeux.

La petite culottière. — Celle-ci est bien logée. Elle habite au faîte d'un vieil immeuble qui date au moins de deux siècles. Et la maison étant assez basse, Mlle Thérèse a tout près d'elle, au ras de sa fenêtre, le feuillage d'un superbe marronnier. On dirait d'un bouquet gigantesque que la nature a planté là à son intention.

Mlle Thérèse a saisi Fathma et la couvre de baisers. Puis elle m'avance une chaise. Et nous causons. Mlle Thérèse n'est plus toute jeunette ; on ne sait trop quel âge lui donner ; mais elle a sur sa personne comme un air de propreté et de recherche.

DANS CE TAUDIS, TROIS FEMMES S'AGITENT.

Elle y a joint un géranium et un pétunia, car elle adore les fleurs. C'est le jardin de Jenny l'Ouvrière. Quand j'ai franchi le seuil de sa chambre, je me suis cogné la tête au plafond. La pièce est mansardée et, sauf dans l'un des angles, elle n'est pas assez haute pour qu'on s'y tienne debout. Une chienne au poil frisé s'est mise à japper en m'apercevant et a fait mine de s'élancer sur moi.

— Voyons, Fathma ! Veux-tu te taire ?

— Votre chienne vous défend, mademoiselle Thérèse ?

— C'est mon amie...

sa robe d'indienne, son tablier noir à bavolet sont décents. Un ruban rouge est noué dans ses cheveux. Si elle avait le teint moins jaune et pas fatigué, la taille plus fine et les épaules moins effacées, elle serait presque jolie. Mais on se déforme à demeurer courbée tout le jour et à tirer l'aiguille éternellement. Mlle Thérèse a le dos rond.

Elle s'est efforcée de rendre sa prison confortable. Un papier rose l'égaie, un gentil papier représentant des œillets et des guirlandes. Une gravure, s'il vous plaît, y est accrochée, le *Retour des moissonneurs*, d'après Léopold Robert. L'ameublement se compose d'un étroit lit de fer,

ILS DÉPOSÈRENT LEUR MINUSCULE CORBILLARD AU BORD DU RUISSEAU.

d'un fauteuil, d'un canapé boiteux, d'une armoire, d'un fourneau économique, d'une machine à coudre, d'une lampe, d'une paire de vases en faux albâtre et d'un coquillage, gagnés à quelque foire des environs de Paris. Mlle Thérèse, dont le temps est précieux, s'est remise à la besogne.

— Vous avez vos parents?

— Je les ai perdus.

— Ils vous ont appris l'état de couturière?

— Moi?... J'ai fait trente-six métiers!

Et voilà Mlle Thérèse qui commence à me raconter sa vie. Elle sourit. Cela l'amuse. Et pourtant son récit est mélancolique.

— En sortant du couvent, je suis entrée en apprentissage chez une brodeuse. Elle ne me payait pas et me battait. Alors, un soir, j'ai filé... J'avais seize ans. A cet âge, n'est-ce pas, on ne connaît pas le monde. Aujourd'hui j'aurais plus de patience. J'ai voulu devenir brunisseuse, plumassière, demoiselle de magasin. Mais les places sont si rares! Je me suis casée dans une fabrique de biscuits. Mais nous avions un contremaître très méchant qui nous collait à l'amende. Il a prétendu — c'est un mensonge, monsieur, je vous jure! — que nous avions boulotté des gâteaux au chocolat. Et le patron nous a flanquées dehors.

Evidemment flattée de l'attention que je prête à ses malheurs, Mlle Thérèse s'est arrêtée de coudre. Elle gazouille; elle bavarde; elle se grise de mots.

— Une voisine, qui travaillait dans les culottes, m'a enseigné le « truc ». Et depuis bientôt huit ans je suis culottière.

— Et cela vous rapporte?

— L'entrepreneur nous remet quinze, vingt-cinq ou quarante sous pour un pantalon, selon la taille. C'est bien juste si l'on arrive à gagner ses deux francs par jour. Enfin, qu'est-ce que vous voulez, tant qu'on n'est pas malade, on y tient!...

Maintenant elle se dépêche; elle rogne et pique les morceaux d'étoffe, borde les boutonnières, taille les pattes, ajuste les boucles. Ces opérations s'accomplissent mécaniquement sous ses doigts agiles. Son esprit, son imagination sont ailleurs.

— Sur ces quarante sous, j'ai douze sous de charbon et de pétrole, treize sous de loyer. J'ai ma nourriture et celle de Fathma... Fathma raffole de la soupe. Et je ne trouve jamais un moment pour lui en faire... On se régale, toutes deux, d'un cornet de « frites ».

Fathma frétille de la queue. C'est sa façon d'approuver le discours de sa maîtresse. Et vraiment il y a de la grâce dans l'affection qui lie, l'une à l'autre, ces créatures.

— Votre amoureux doit être jaloux de la tendresse que vous portez à Fathma?

— Les amoureux? ah! non, j'en suis revenue...

Cette question éveille en sa mémoire de fâcheux souvenirs que j'ai hâte d'effacer :

— Mon Dieu! mam'zelle Thérèse, que je voudrais donc vous être agréable!... Aimez-vous le théâtre?

— J'vous crois que je l'aime!... Si ça ne coûtait pas si cher!...

— Je vous y enverrai, mam'zelle Thérèse... Préférez-vous la comédie ou la musique?

— La comédie, c'est trop triste... J'aime mieux la musique.

— Convenu, mam'zelle, vous aurez des billets.

— Pour un samedi soir?

— Pour un samedi.

Mlle Thérèse m'a reconduit, en cérémonie, jusque sur le palier. Et Fathma a daigné lécher le bout de mes bottes, me témoignant ainsi son estime.

Cinquante-deux locataires. — Un trou puant, sordide, au fond d'une cour étroite et profonde comme un puits. De vagues lueurs y pénètrent, venant du ciel qu'on aperçoit là-haut, tout là-haut. Dans ce taudis, trois formes s'agitent : une femme en camisole, et deux fillettes, dont l'une tousse à fendre l'âme. C'est Mme Mathieu, la concierge de l'immeuble où Florise Bonheur a coulé des jours funèbres et qu'elle a dû fuir dernièrement. Maison de misère, maison d'horreur. La pauvre pipelette m'expose ses doléances. Elle a des enfants malades. L'aînée est à peine remise d'une pleurésie qui a failli l'emporter. La seconde s'étiole. En effet, elles grelottent près du poêle ; et c'est une pitié de voir leurs chairs blafardes, leurs corps rachitiques, leurs membres grêles, leurs narines pincées et l'expression de leurs regards fiévreux. Elles auraient besoin de courir dans la campagne, de respirer les saines odeurs des prés et des bois, les brises de l'océan ; mais la cruauté du destin leur refuse ce secours. Les petites Parisiennes continueront de languir, futures victimes de la phtisie. La mère est plus vigoureuse. Elle a résisté. Elle ne tremble que pour sa progéniture, qu'elle sait menacée d'une mort prochaine. Et dans ses plaintes, il y a de la colère et de la douleur :

— Nous avons cinquante-deux locataires. Savez-vous ce qu'ils m'ont donné comme étrennes ? Un peu moins de cent francs. Et je ne les blâme pas. Ils font ce qu'ils peuvent. Mon mari gagne soixante francs par mois. C'est dur, allez, de joindre les deux bouts !... Sans compter que le propriétaire va probablement nous renvoyer.

Et elle me confie cette dernière mésaventure. La mère Bonheur était en retard de trois termes. On allait lui signifier son arrêt d'expulsion. Elle jugea plus avantageux de déménager à la cloche de bois. L'autre semaine, quatre ou cinq mauvais gars, des souteneurs, des rôdeurs de barrière, s'introduisirent dans son logement, et, en un tour de main, le vidèrent des meubles qu'il contenait, les enlevant sous le nez de la concierge, terrorisée.

— J'aurais dû prévenir le commissaire, mais je n'osais pas laisser mes gosses toutes seules dans la loge. Ils me les auraient tuées, pour se venger... Ah ! les gueux !

Cette femme n'est pas vulgaire. Elle possède une certaine distinction naturelle, qu'on est surpris quelquefois de rencontrer chez les gens du peuple, et qui vous communique la certitude qu'ils eussent brillé d'un éclat supérieur, s'ils étaient placés dans des conditions plus favorables. Les faubourgs sont pleins de poètes, d'artistes, de diplomates, à qui il n'a manqué, pour s'épanouir, qu'un brin de culture.

J'ai quitté la maison maudite, emportant la vision de ces yeux brûlants de fièvre, et le poignant écho de ces toux de poitrinaires.

... Pauvres petites Parisiennes aux lèvres décolorées...

Littérature. — Florise Bonheur m'a dit hier un mot charmant. Je l'ai rencontrée rue des Martyrs, comme elle regagnait la Butte, son carton sous le bras. Nous avons cheminé un moment ensemble. Et je ne sais pourquoi nous avons parlé littérature. Ce sont les étalages de libraires, les innombrables papiers affichés à la devanture des marchands de journaux, qui éveillèrent en nous ces idées.

— Florise, lisez-vous ?

— Certainement, le soir, quand j'ai fini mon ouvrage.

— Et que lisez-vous ?

— Ce qui me tombe sous la main. J'achète des livraisons à deux sous.

— Des romans, sans doute.

— Oui, des romans. C'est beau, les romans. J'en lis un qui me passionne.

— De quel auteur ?

— L'auteur ?... ma foi, je n'ai pas fait attention... Mais le roman est magnifique. Il s'appelle le *Maître de Forges*... Le connaissez-vous ?

Délicieuse ingénuité de Florise... Elle ne s'inquiète pas si le livre qu'elle lit est d'un écrivain en réputation, elle veut simplement qu'il l'intéresse. En somme, elle a raison, et nous donne une excellente leçon de critique littéraire. Il faut juger les ouvrages de l'esprit pour ce qu'ils valent et non pour leur signature. Et comme un tel entretien vous rend modeste ! Florise ignore l'auteur du *Maître de Forges*...

La gloire n'est que fumée !

Deux croque-morts. — Ils trimbalaient par les rues le cercueil d'un nouveau-né ; un pauvre petit cercueil de rien du tout, court et mince, et qui soulevait à peine le morceau de drap blanc dont il était recouvert. Nul n'escortait ce convoi...

Nul ne s'occupait de ce cadavre. La mère?... Malade des suites de l'accouchement... Le père? Absent, indifférent... inconnu peut-être... Les deux croque-morts étaient libres, abandonnés à eux-mêmes.

Comme ils contournaient la rue Lepic, le zinc éblouissant du mastroquet, le régiment des flacons rangés en bataille, le cliquetis des cuillères et des soucoupes les induisirent en tentation. Ils se concertèrent ; d'un mouvement preste, ils déposèrent leur minuscule corbillard au bord du ruisseau et entrèrent dans la boutique. On leur servit des absinthes qu'ils lampèrent d'un seul coup, levant le coude très haut avec un air de gloutonnerie pressée. Puis ils sortirent vivement, reprirent leur fardeau que des chiens, en passant, avaient un peu bousculé.

Ce drame — est-ce un drame? — n'a pas duré trois minutes.

... Et le petit mort — désaltéré — s'en est allé vers le cimetière.

Le marché aux puces. — Je vous le recommande. Il mérite d'être vu. Il commence à la barrière Clignancourt et se développe, chaque dimanche, le long de l'avenue de Michelet. Vous y trouverez, si vous êtes amateur de ces curiosités, des cordons de sonnette, des clefs rouillées, des brosses à dents d'occasion et mille autres bagatelles sorties de la hotte des chiffonniers. Les brocanteurs qui vous les offrent ne sont pas des mendiants. Il y a de fortes commères, aux joues rubicondes et crevant de santé, et de rusés Auvergnats coiffés de casquettes en peau de lapin. Ceux-là sont les seigneurs de la corporation. Ils s'installent aux meilleures places. Ils pérorent. Ils interpellent les passants avec cordialité.

A mesure qu'on s'éloigne vers la banlieue, les marchands se font plus pauvres ; ils n'ont plus ces mines épanouies et prospères. Quelques-uns vont pieds nus. Ils n'excitent point les promeneurs par des propos engageants. Ils sont résignés et mornes. Tout au bout du marché, devant le dernier des étalages, le peintre Geo Dupuis, qui m'accompagnait, s'est arrêté. Et nous n'avons pu retenir un cri d'admiration.

Sur le sol, contre un terrain vague, un bout de toile cirée est étendu. On y a disposé quelques objets étranges : une pomme d'arrosoir, un robinet de bois, un vieux gilet, un demi-siphon, trois paires de chaussures éculées et un rouleau à pâtisserie. Ce trésor est gardé par une petite fille, grosse comme le poing et qui serait ravissante, si on la débarbouillait, car elle a les plus beaux yeux du monde et, sous la crasse qui les recouvre, des joues de pomme d'api.

— Je n'y résiste pas, s'écrie Geo Dupuis. Je la croque.

Il tire un crayon de sa poche, une feuille de son carton. Et pour rassurer l'enfant, que ces préparatifs inquiètent, je lui glisse quelque monnaie dans la main.

— Tu seras sage... Tu ne vas pas bouger...

— Non, m'sieu.

Elle a compris ce qu'on voulait d'elle et se fige dans une immobilité de statue. Je l'interroge.

— Quel est ton nom?

— Hermance.

— Quel âge as-tu?

— Sept ans.

— Ton papa n'est pas là?

— Il travaille.

— Alors c'est toi la marchande?

— Oui, m'sieu.

— Tu sais le prix de tout ça?

— Oui, m'sieu.

— Combien vaut la pomme d'arrosoir?

— Quatre sous.

— Et le robinet?

— Cinq sous.

— Et le gilet?

— Huit sous.

Elle n'hésite pas. Elle possède, sur le bout du doigt, le catalogue de son magasin. Et tantôt, cette caissière de sept ans rendra ses comptes. Et gare aux coups, si elle n'a pas défendu contre les gamins le rouleau à pâtisserie, le demi-siphon, le lot de vieilles bottines!

Hermance nous regardait, étonnée. Et je songeais à la petite Cosette des *Misérables*.

L'institutrice. — Je m'avisai de pénétrer dans la baraque qui sert d'école aux enfants des forains, place du Trône. Vous avez ouï parler de cette œuvre créée par Mlle Bonnefois et qui a valu à sa fondatrice l'honneur d'un prix Montyon. Mlle Bonnefois, ayant cédé le panorama qu'elle exhibait jadis dans les foires, se consacre à développer l'intelligence, à orner l'esprit des fils et des filles de ses anciens camarades. Elle leur fournit gratuitement le pain de la science. Elle s'attache à leurs pas. Elle campe auprès d'eux. Et toujours sa roulotte suit leurs roulottes.

ELLE CAMPE AUPRÈS D'EUX, ET TOUJOURS SA ROULOTTE SUIT LES AUTRES ROULOTTES.

Comme j'en franchissais le seuil, j'éprouvai une impression de surprise. Au lieu de la vénérable dame que j'attendais, je me trouvai en face d'une jeune personne de vingt ans, blonde et fraîche.

— Mlle Bonnefois, je vous prie?

— Mademoiselle est en ville, mais je la remplace.

— Qui donc êtes-vous?

— Je suis l'institutrice...

Elle m'a, très obligeamment, offert un siège. Et j'ai pu examiner tout à mon aise la roulotte universitaire de Mlle Bonnefois. Elle est distincte de l'école, qui s'élève à côté, sous un abri de planches et de toiles goudronnées. Ici, ce sont ses appartements particuliers. Ils se composent d'une cuisine, d'un salon et d'une chambre à coucher. Des objets d'art les décorent, un saint Antoine de Padoue en robe d'azur, des lithographies représentant le *Paradis terrestre* et le *Jugement dernier*, des portraits de famille peints à l'huile par un maître inconnu, et une douzaine de crucifix, de crèches, d'édifiantes statuettes disséminées sur les meubles. Ainsi que son nom l'indique, Mlle Bonnefois est animée d'une ardente piété. Elle vit en chrétienne, dans l'amour et dans la crainte de Dieu. Tandis que je m'imprègne de ces sentiments, la jolie blonde me considère du coin de l'œil et je crois discerner dans son regard comme une nuance de moquerie.

— Donc, mademoiselle, vous êtes institutrice?

— J'ai mes deux diplômes, pour vous servir...

— Et Mlle Bonnefois vous héberge, vous nourrit ?

— Oh ! non, monsieur, je rentre chaque soir à Montmartre, chez mes parents. Et j'en pars, chaque matin, pour rejoindre la roulotte, partout où elle se trouve, selon les saisons, à Neuilly, à Saint-Cloud, à Asnières, à Saint-Germain.

Singulière existence, en vérité ! Mais la jeune institutrice ne s'en plaint pas. Voici bientôt cinq ans qu'elle se plie à ce régime de vagabondage. Elle touche cent francs par mois, et vous pensez bien que les forains ne lui demandent pas de répétitions particulières. Mais ce maigre salaire lui suffit à payer son déjeuner et ses omnibus. Et elle est ravie. On lui a proposé un emploi avantageux dans l'administration de la ville. Elle l'a refusé.

— Que voulez-vous !... Ces petits, je les adore ! Au reste, c'est l'heure de la classe. Vous allez les voir.

Ils sont arrivés, une vingtaine de mioches aux cheveux fous, de francs bohémiens, sauvages et prompts à s'effaroucher. Et l'on m'a présenté l'héritier de M. Juliano, le dompteur, et l'héritière de Mme Aurore, qui exhibe, un peu plus loin, des mollets sensationnels. (Dix centimes pour MM. les militaires.) L'institutrice me confie que certains de ses élèves sont fermés à toute culture, mais que d'autres sont merveilleusement doués.

— Pierre Juliano, récite-nous le *Houzard*.

M. Pierre Juliano a grimpé sur son pupitre et, fièrement campé, le nez en l'air, d'une voix éclatante, a entamé le fameux morceau :

Mon père, ce héros au sourire si doux,
Suivi d'un seul houzard qu'il aimait entre tous...

— De qui est cette pièce ?

— De Victor Hugo.

— Et qu'est-ce que Victor Hugo ?

— C'est un grand homme.

On ne saurait mieux dire. Et M. Pierre Juliano a réponse à tout. L'institutrice est orgueilleuse de ses talents. Elle le mange de caresses. Et ces deux têtes, ces chevelures mêlées, tête blonde et tête brune, forment le plus gentil tableau.

— Croyez-vous qu'il en a de l'aplomb, le monstre !

Et elle rit !

Elle rit, à pleines lèvres, comme rient les petites Montmartroises, quand elles ont les dents blanches et du soleil dans le cœur !...

XVI

Chez la Prophétesse

Florise est superstitieuse. Elle n'a jamais été dévote, ni même chrétienne. Sa première communion ne lui a laissé qu'un très vague souvenir de coquetterie ; elle se rappelle avec plaisir la robe blanche dont elle fut parée ce jour-là, et la musique des orgues, et les cierges allumés, et les vapeurs d'encens qui flottaient dans l'église. Depuis ce temps lointain, elle n'y est guère retournée. Mais comme le désir du merveilleux est inné au cœur des femmes, elle demande aux diseurs de bonne aventure ce que les fillettes de la campagne demandent à M. le curé. Dès qu'elle a trois sous en poche, elle s'en va chez la somnambule. Et quelle somnambule ! Une horrible vieille au regard louche, au chignon graisseux, qui rend ses oracles dans un petit rez-de-chaussée de la place du Tertre. Florise en sortait quand je l'ai rencontrée l'autre semaine sur les rampes de la Butte. Elle avait le teint animé. Et tout de suite elle me dégoisa les obscures prédictions de la sorcière.

— Il paraît que je serai riche... Ça n'en prend pas le chemin !

Elle riait, mais, au fond, je la devinais très impressionnée.

— Vous allez vous moquer de moi... Il y a une chose, figurez-vous, dont j'ai follement envie.

— Qu'est-ce, Florise ?

— C'est de consulter ces gens qui vous lisent dans la main. Ils sont très forts.

Elle avait entendu parler de la fameuse

Mme de Thèbes ; de M. Félix, qui reste au fin fond des Batignolles et que les danseuses du Moulin-Rouge vont interroger comme un oracle.

— Et M. Desbarolles? C'est le plus malin de tous... Vous ne connaissez pas M. Desbarolles ?

— M. Desbarolles est mort, mais je connais sa fille.

— Ah!!

Il y eut une minute de silence...

— Voyons, Florise... Dimanche matin, à dix heures, transportez-vous au n° 95 du boulevard Saint-Michel. Mlle Desbarolles vous recevra...

— Vrai?... Ça, c'est gentil!

Le dimanche suivant, à neuf heures et demie, je sonnais à la porte de Mlle Desbarolles. Rien n'a été changé dans ce logement, où les deux Dumas et le chevalier d'Argentigny fréquentèrent autrefois, ainsi que tant de princes et de princesses. Desbarolles était le chiromancien des rois. Et du haut de son cadre, il continue de présider aux séances ; il inspire la prêtresse, fidèle gardienne de sa méthode.

— Mademoiselle, une jeune personne va venir vous consulter. Ne me demandez ni son nom, ni son métier, ni son origine. Vous n'avez besoin de personne, je suppose, pour vous éclairer à ce sujet.

Florise parut... Elle était tout à fait plaisante dans sa robe noire bien brossée et son petit nez avait l'air plus fripon que de coutume. Je fis mine de me retirer par discrétion.

— Oh ! vous pouvez rester, dit Florise. Je n'ai pas de secrets.

Elle s'assit, craintive, émue, les pieds joints, roide et droite sur sa chaise, comme un soldat au port d'armes.

— Dégantez-vous, mon enfant.

Les deux gants de filoselle furent vite ôtés. Et les menottes de l'ouvrière se tendirent grandes ouvertes... Pauvres mains maigres, pâles, presque transparentes, aux doigts piqués par l'aiguille, mains fatiguées, mais non pas vulgaires. Et la loupe se promenait, suivant leurs lignes, montait, descendait, inspectait les vallonnements de la plaine de Mars et les rondeurs du mont de Vénus.

— Mauvaise tête, mauvaise tête, murmura Mlle Desbarolles.

Florise palpitait.

— Mauvaise tête... mais bon cœur...

Et Mlle Desbarolles commença... Elle analysa, avec une singulière netteté, l'âme et le caractère de la visiteuse. Je suppose que Florise correspondait à un type déjà étudié et classé. Toutes ces grisettes des

DÈS QU'ELLE A TROIS SOUS DANS SA POCHE, ELLE VA CHEZ LA SOMNAMBULE,

faubourgs se ressemblent par certains côtés : elles sont vives, un peu folles, et malgré leur corruption, naïves et romanesques.

— Vous avez eu des malheurs, mademoiselle, beaucoup d'ennuis... Tenez... Là... Votre ligne de Saturne est coupée... vers l'âge de seize ans... Vous allez mieux, puis vous retombez... Prenez garde... Il faut lutter encore... Si vous attrapez vingt-cinq ans sans rechute... vous êtes sauvée... Quel âge avez-vous?

— Vingt-trois.

— Plus que deux ans et ça va tout à fait bien, mais durant ces deux années, soyez prudente... J'aperçois d'excellents signes... Une petite fourche sous Apollon... Et là, près de Jupiter, une croix... la croix des mariages d'inclination.

— C'est vrai, dites?... C'est bien vrai?

Florise n'écoute plus les paroles de la prophétesse. Elle les boit. Cette dernière prédiction surtout, lui met la cervelle à l'envers ; elle répond à quelque espoir caché dont je n'ai pas reçu la confidence. Et je me souviens alors d'une silhouette aperçue, certain soir, entre chien et loup, aux alentours du cimetière de Pantin, la silhouette d'un jeune homme qui marchait près de Florise et lui glissait à l'oreille de tendres propos... Florise semblait le fuir... Mais depuis...

Quand elle fut sortie, l'aimable Marthe Desbarolles s'écria :

— Que ces petites sont donc amusantes! On ne trouve les pareilles nulle part ailleurs. C'est l'article de Paris.

XVII

La petite maison bleue

Au cours de mes vagabondages faubouriens, il m'est arrivé une aventure que je voudrais consigner ici.

Oh! c'est dans un milieu bien humble et chez de très pauvres gens. Ce jour-là, je flânais le long du « marché aux puces ». Je vous ai décrit déjà cette foire originale qui se tient, chaque dimanche, sur les trottoirs de l'avenue Michelet. Elle mérite son nom ; on y vend les misérables objets que dédaignent les brocanteurs, et qui s'étalent à terre en un désordre infiniment pittoresque. Brosses à dents d'occasion, robinets cassés, cadenas sans clefs et clefs sans serrures, vieilles ferrailles mangées par la rouille, portraits de famille lamentablement crevés et veufs de leurs cadres, coquillages, galets peints, chandeliers de poupée en verre filé et seringues du temps de Molière, voilà ce que l'on trouve au marché aux puces, avec mille autres colifichets, parmi lesquels se glisse quelquefois une perle. Ainsi, j'ai ramassé, entre deux infâmes chromos, une *Civilité honnête pour les enfants*, imprimée à Caen au seizième siècle, exemplaire en parfait état et d'une excessive rareté. Je l'ai payé 20 centimes. Ce sont les bonnes fortunes du collectionneur. J'achetai également à la marchande trois tomes dépareillés du *Journal des Demoiselles*, où collabora Victor Hugo aux environs de 1821. Puis nous liâmes conversation. La bonne femme — elle n'avait pas d'âge, elle allait pieds nus dans des sabots et son visage était couturé de rides profondes — m'apprit qu'elle gagnait sa subsistance en picorant dans les hottes des chiffonniers, ses voisins, et qu'elle habitait en leur cité.

— Est-ce loin, lui dis-je, cette cité?

— A cent pas, après le pont du chemin de fer.

Je m'y rendis, curieux d'observer par mes yeux ce coin de Paris, dont j'avais lu maintes descriptions. M. Paulian, entre autres, en a tracé un tableau fort séduisant, mais rien ne vaut les sensations que l'on recueille soi-même. Celles que j'éprouvai furent étrangement vives. En une minute, je rétrogradai de plusieurs siècles et me crus transporté au moyen âge, à l'époque fabuleusement lointaine où les hommes se construisaient des cabanes de leurs propres mains et s'organisaient en tribus.

On a coutume de signaler aux touristes les sinistres et sanguinaires bouges de Whitechapel ; mais ce quartier de Londres est le plus bourgeois du monde, si on le compare à la cité des « biffins » de Saint-Ouen. L'aspect en est vraiment extraordinaire.

Imaginez deux ruelles parallèlement tracées et bordées de masures inégales, les unes en renfoncement et les autres en saillies. Ces bâtisses n'ont, généralement, qu'un étage et témoignent, par leur agencement, d'une remarquable ingéniosité. Ceux qui les ont élevées ont tiré parti de tout et se sont servis du bois, du fer, des plâtras qu'ils ramassèrent aux environs, des pierres et de la boue du chemin. Des caisses d'emballage, mises bout à bout, reclouées et ajus-

JE M'Y RENDIS, CURIEUX D'OBSERVER PAR MES YEUX CE COIN DE PARIS.

tées, forment les portes et les fenêtres. Les carreaux sont de papier; les toits, de toile cirée et de lattes. Chaque hutte a sa courette, dans laquelle les immondices, les chiffons, les tas de gadoue, les débris de verre cassé, les boîtes de sardines, les déchets et, si l'on peut dire, les excréments de la vie civilisée s'amoncellent. C'est horrible, cela sent mauvais et cela est merveilleux de couleur, de désordre, d'imprévu.

Le soleil joue avec ces ordures et y accroche ses féeries. Il transforme en diamants le verre pilé, en émeraudes les culs de bouteille, et les ferblanteries en lingots d'or ou d'argent. De ce fumier, il fait jaillir des feux d'artifice; il caresse, il patine ces murs lépreux, il les revêt de splendeurs. Il ennoblit ces hardes, ces morceaux de tapis, ces linges effilochés qui claquent au vent. Oui, dans ces choses, il y a de quoi ravir les yeux d'un peintre, et je crois que Rembrandt aimerait à fréquenter chez les chiffonniers, ainsi que Metzu, van Ostade et les maîtres hollandais. Cette vieille qui épluche des légumes sur le pas de sa porte, c'est un Metzu; ce bonhomme qui fume sa pipe auprès d'un tonneau, à califourchon sur un banc de bois, c'est un Téniers; ces enfants, barbouillés de suie, dépeignés, dépenaillés et qui courent après un joli cochon rose et le tirent par la queue, c'est un Jean Steen. Ces scènes nous ramènent à des formes d'existences surannées, alors que les humains vivaient près de la nature et ne connaissaient ni le macadam, ni le système du tout à l'égout. Il est certain que MM. les chiffonniers n'observent point les règles de l'hygiène; ils n'ont aucune terreur des microbes; ils s'en soucient autant que les contemporains de François Villon, qui buvaient l'eau de la Seine et s'en allaient godailler dans des cabarets malsains proche le cimetière des Innocents. Les biffins, leurs compagnes, leurs filles et leurs garçons, les bêtes domestiques : poules, gorets, chiens et chats, pâturent et couchent ensemble dans une promiscuité fraternelle.

Tenez, à l'entrée de la cité, j'ai surpris une scène charmante. Une commère poussait devant elle son âne, un âne gris au poil pelé, mais qui semblait plein de douceur et de gentillesse. Elle le mena jusqu'en son logis, qui se composait d'une seule pièce, large comme un mouchoir de poche. J'y jetai un regard investigateur et j'aperçus, d'un côté, le lit de la femme, et de l'autre, la litière de l'animal. L'animal et la femme dormaient sur la paille, et leurs âmes devaient, je suppose, se ressembler. Quand le bourriquot eut pénétré, à reculons, dans l'étroite chambre, il mit le nez à la fenêtre, et rien n'était plus gracieux que cette tête débonnaire, ces longues oreilles, qui apparurent soudain entre deux pots de giroflées et demandèrent à boire. La maîtresse de céans s'empressa d'emplir un baquet et le hissa vers ce compagnon qui était évidemment son meilleur ami.

Le délicieux tableau de genre! Nos artistes vont bien loin chercher des sujets, en Normandie, en Bretagne, au fond des provinces. Sans quitter Paris, s'ils y prenaient garde, ils en trouveraient de ravissants. Je vous assure qu'il y avait une majesté biblique dans l'acte de cette chiffonnière désaltérant son vieil âne gris. Je ne pus m'empêcher de lui témoigner ma sympathie.

— Vous n'avez pas froid, l'hiver? lui dis-je.

— Mais non, pas plus que ça! on s'y fait! et puis Léon me tient chaud. Pas vrai, Léon?

Léon — c'était l'âne — acquiesçait par son silence. Elle lui allongeait des tapes amicales, en façon de caresses, sur le mufle. Et Léon avait l'air heureux, et la bonne femme souriait. Je les laissai à leurs épanchements et continuai ma promenade. Je remarquai que les minuscules constructions qui s'alignaient, tant bien que mal, le long de la rue, avaient chacune une physionomie particulière et exprimaient, par leur diversité, les tempéraments, les goûts et les mœurs des individus qui les avaient installées.

Celle-ci — une roulotte privée de ses roues et posée au ras du sol — dénote un certain souci d'ordre et de propreté. Le seuil en est balayé; des rideaux blancs, fraîchement repassés, en ornent les croisées. Au contraire, cette autre, d'une saleté repoussante, est branlante, effondrée, chargée de pierres qui retiennent le toit prêt à s'envoler. Parmi ces décombres, erre un être lamentable et velu, couvert de haillons et qui n'a pas l'apparence humaine. C'est le spectre de la misère et de la faim.

Et voici que, tout à coup, je m'arrête, saisi d'étonnement. Une maisonnette se dresse devant moi. Elle ne présente pas le délabrement de ses voisines. Elle est pimpante, coquette, badigeonnée de bleu clair, entourée d'une palissade brillamment vernie. A l'intérieur de la palissade est un jardinet où poussent des salades et des marguerites. Dans l'angle, se trouve un bosquet tapissé de chèvrefeuille; et plus loin un puits à la margelle en pierres de taille. Ces objets me déconcertent par leur luxe relatif. Mais ce qui me surprend, plus que tout le reste, c'est d'apercevoir sur la façade de la maison bleue des motifs d'ornement, des sculptures, la tête d'Ariane et, comme pendant, un buste d'Alsacienne coiffée du bonnet à larges rubans et enveloppée dans les plis d'un drapeau qu'un pinceau naïf a enluminé des trois couleurs nationales.

Est-ce un artiste qui réside en cette villa presque somptueuse? Est-ce un rentier? Est-ce le roi des « biffins »? Et les camarades lui servent-ils une liste civile pour subvenir à ces folles dépenses? Ma foi, je n'y tiens plus. Je veux savoir, je saurai! Je tire le loquet, j'enjambe les salades et les marguerites, je gravis les trois marches du perron.

Toc! toc! La porte s'entre-bâille et une voix cordiale me souhaite la bienvenue. L'homme qui me parle a cinquante ans environ, des yeux confiants et une honnête figure; il est en bras de chemise, vêtu d'un pantalon et d'un gilet de coutil et s'apprête à déjeuner. Le couvert est mis; deux assiettes en grosse faïence, un pain de quatre livres et un litre. Le fricot mijote à côté, sur le fourneau et exhale des odeurs appétissantes. Autour de la salle, la ménagère, en camisole, trottine. La batterie de cuisine resplendit ; les murs sont chargés d'images. On se mirerait dans les panneaux de l'armoire en acajou, tant elle est luisante. Il n'y a pas, sur les meubles, un grain de poussière. Ce n'est plus un Jean Steen ou un Téniers, c'est un Pietre de Hoogh. Un rayon de lumière, tombant des volets mi-clos et se reflétant dans le cuivre d'une bassine, complète l'illusion.

L'homme m'approche civilement un siège ; je m'assieds et la conversation s'engage. Elle est d'abord embarrassée. Je ne sais comment expliquer à ces braves gens ma présence chez eux, sans éveiller leurs inquiétudes ou leurs soupçons. Je leur raconte qu'écrivant un livre sur les chiffonniers, j'ai voulu me documenter exactement et que cette maison bleue m'ayant paru la plus considérable du pays, l'idée m'est venue de m'y adresser. Le bonhomme m'écoute avec attention. Au moment où je célèbre l'importance de la maison bleue, je vois passer sur son visage une expression de plaisir. Il n'est pas insensible à mes louanges et sa vanité de locataire ou de propriétaire en est chatouillée.

UNE COMMÈRE POUSSAIT DEVANT ELLE SON ANE, UN ANE GRIS AU POIL PELÉ.

— C'est que je vais vous dire... Je ne suis pas chiffonnier.

— Qu'êtes-vous donc ?

— Je suis fossoyeur... Je me nomme Pichot... Jean Pichot..., fossoyeur au cimetière de Saint-Ouen.

— Eh bien, monsieur Pichot, vous avez une maison bleue dont je vous fais mes sincères compliments.

M. Pichot achève de s'épanouir. Il

s'écrie, dans un élan qu'il est impuissant à maîtriser et qui jaillit de son cœur :

— N'est-ce pas, qu'elle est jolie?

Et il m'en détaille les beautés. Il me force à le suivre dans la chambre qui constitue, avec la cuisine, les aménagements du rez-de-chaussée, c'est-à-dire de l'unique étage de la maison bleue. Il tape sur les murs pour m'en prouver la solidité et il me montre que la pluie ne les a pas dégradés... C'est sec comme de l'amadou! Ça ne bouge pas! Il y a une cave aussi, qu'il a creusée, et où son vin rafraîchit durant la canicule.

— Elle est si grande, observe-t-il avec orgueil, que j'y puis rester debout.

M. LE SECRÉTAIRE DES CHIFFONNIERS.

Et il soulève la trappe et m'exhorte à me pencher sur le trou béant, afin d'en sonder la profondeur. Un matou noir s'en échappe et se blottit en ronronnant au bout de la table. Maintenant la famille est au complet. Mme Pichot ne se mêle qu'incidemment à notre entretien, mais elle n'en perd pas un mot et je devine qu'elle partage le contentement de son époux.

— Tu ne conduis pas monsieur au potager, insinue-t-elle.

— C'est juste, vous n'avez pas tout vu.

Je me dirige avec M. Pichot vers le potager. En quatre pas nous y sommes. Il mesure à peu près cinq mètres sur six, mais c'est un objet d'art. Il est soigné, ratissé, bichonné. Il renferme des laitues, des carottes, du persil, du cerfeuil, deux pieds de tomates, des pommes de terre et trois artichauts. M. Pichot contemple ce domaine, dont il est le seigneur; il m'en retrace l'histoire; il m'en parle avec tendresse, comme un amant épris exalte les charmes de sa bien-aimée.

— Il y a bientôt huit ans que je le possède. La maison est à moi; je l'ai construite; le terrain appartient aux hospices de Saint-Denis; je leur paie soixante centimes de location annuelle par mètre carré. J'ai un bail pour trois ans encore. Alors, ils sont libres de m'exproprier. Ce serait dommage, car je ne sais trop où je transporterais ma bicoque. Et voyez-vous, j'y tiens comme à la prunelle de mes yeux. C'est si agréable d'être chez soi et de manger les laitues qu'on a plantées. Reluquez-moi ça! Est-ce vert? Est-ce fin? On ne trouve pas les pareilles au marché. Mais aussi, je les soigne comme mes petits boyaux.

La mère Pichot, les mains sur les hanches, sourit à ces effusions. Sa face fleurie et joviale, sa gorge, épanouie sous le caraco, respirent le bonheur et la santé.

— Monsieur, dit-elle, je suis blanchisseuse de mon état. Je travaille rue Cadet. Ça n'est pas tout près d'ici. J'ai un bout de trotte à faire, le matin, pour aller à mon ouvrage, et le soir, pour en revenir. Mais je ne me plains pas. J'avale mes deux lieues sans sourciller. Et quand j'arrive chez nous, je ne sens plus la fatigue. On respire ici. C'est la campagne. Et puis on est son maître, on ne dépend de personne.

Maintenant, c'est un duo. M. et Mme Pichot célèbrent à l'envi les mérites de la maison bleue; ils se renvoient la balle; leurs répliques s'échangent, sur un mode lyrique, comme au théâtre.

— L'été, on dîne dehors.

— On prend le café sous la tonnelle.

— Il y a toujours un côté du jardin qui est à l'ombre.

— Et nous voyons passer les trains.

— C'est très amusant!...

Leurs litanies ne finiraient pas, si je ne m'avisais de les interrompre.

— Alors, dis-je à M. Pichot, vous n'êtes pas collectiviste?

— Collectiviste?

— Oui, avec ceux qui veulent supprimer les propriétés particulières.

M. Pichot se récrie.

— Jamais de la vie! Je les connais, ces farceurs. Nous en avons quelques-uns dans la cité. Ce sont de pauvres diables qui n'ont pas un sou vaillant. Je les engage à venir se frotter à ma maison! Je me charge de les recevoir!

La benoîte figure de M. Pichot a pris un air menaçant. Et la toute ronde Mme Pichot hausse les épaules dédaigneusement.

— Ce sont des fous.

Cependant le fossoyeur ne veut pas que je me méprenne au sens de son discours, et, par prudence, il croit devoir ajouter :

— Les chiffonniers sont d'excellents bougres, bien tranquilles, et qui ne se mêlent pas de politique. Chacun a son opinion, mais pour leurs intérêts ils marchent ensemble carrément. Vous savez qu'ils se sont réunis en syndicat? Ils ont un président, un trésorier, un secrétaire.

Je ne serais pas fâché de connaître quelqu'un de ces personnages. M. Pichot s'offre obligeamment à me servir de guide et d'introducteur.

— Mélie, j'accompagne monsieur et je reviens.

SUR LA PORTE, A DROITE, UNE CARTE DE VISITE ÉTAIT CLOUÉE.

J'ai serré la main de Mélie, cette main vaillante, gonflée par les savonnages.

— Toutes mes félicitations, Madame Pichot, pour la maison bleue.

— Vous êtes trop bon.

M. le secrétaire des chiffonniers mangeait la soupe, lorsque nous avons pénétré dans son cottage. C'est un immense gaillard, maigre comme un clou, haut de six pieds, armé de poings énormes. Il m'a lancé des regards rébarbatifs qui se sont adoucis dès que je lui eus décliné mes qualités. Et j'ai compris qu'il ne haïssait point les journalistes et qu'il leur accordait quelque estime. Ses enfants — six blondins ébouriffés — s'empressent à me procurer un siège. Ils jettent un vieux rideau de reps sur une caisse et la changent ainsi en un moelleux fauteuil où je m'accommode. M. le secrétaire a sorti d'un tiroir une liasse de papiers tachés, noircis, maculés de ronds graisseux. Ce sont les statuts du syndicat.

— Vous concevez, citoyen, que ça ne pouvait pas durer. Voilà trente ans que les maîtres chiffonniers nous exploitent. Nous avons décidé de nous passer d'eux. Vous connaissez la question, sans doute?

Je fis un geste d'acquiescement un peu vague :

— Le maître chiffonnier est l'intermédiaire entre nous autres, simples biffins, et l'industriel qui utilise nos produits. Il revend très cher ce qu'il nous achète à vil prix. Et la différence constitue son bénéfice. En somme, il ramasse la galette sur notre dos. Il ne se donne aucun mal et s'engraisse à nos dépens. Faut-il que nous ayons été bêtes pour supporter ça! Mais n-i, ni, c'est fini, et dorénavant nous traiterons nous-mêmes nos petites affaires. Le syndicat a 1,000 francs en caisse. C'est mignon, pour un début.

Il y a de la joie dans ces paroles et comme une sorte d'orgueil. M. le secrétaire des chiffonniers est fier d'étaler les résultats de leur organisation naissante. Et tandis qu'il me dégoise sa conférence, je lis clairement dans son esprit : « Oui, pense-t-il, nous sommes des gueux, des va-nu-pieds. Eh bien! nous aussi, nous redressons la tête, nous nous défendons, nous soutenons, par des moyens pacifiques, la lutte sociale. Et MM. les bourgeois n'auront plus le droit de nous considérer comme des idiots et des abrutis. Nous épaterons MM. les bourgeois. »

Et, de fait, ce que j'entends, depuis une heure, me stupéfie. Je ne croyais pas que les chiffonniers fussent, à ce point, civilisés. Leur cité m'apparaissait comme une évocation des temps barbares. Je m'attendais à rencontrer dans ces taudis des serfs, des animaux à demi féroces, couverts d'une épaisse crasse d'ignorance, et j'y découvre des hommes, et des hommes d'aujourd'hui, des hommes du vingtième siècle, attentifs à revendiquer leurs droits, soucieux de s'affranchir.

— Voulez-vous entrer chez le président du syndicat? C'est au bout de la rue...

Je le suis. Et, tout en cheminant, j'interroge, du coin de l'œil, à droite et à gauche, les logis entr'ouverts, où les « biffins » accomplissent leur besogne de termite; et selon la nouvelle pente de mes idées, ces foyers revêtent une apparence patriarcale et je suis tout près de m'apitoyer sur les misères et les vertus qu'ils abritent! Comme nous passions contre une roulotte échouée au milieu d'un terrain vague, je m'entendis interpeller :

— Bonjour, mon cher confrère.

L'habitant de la roulotte commençait de se raser, le col rabattu, la savonnette en main, devant un fragment de miroir. Il ajouta :

— Vous ne me remettez pas, je parie?... Je suis le rédacteur en chef du *Forain.*

— Comment donc, mon cher confrère... Enchanté!

— Si vous allez à la foire de Neuilly, je vous recommande mon labyrinthe.

— Je ne manquerai pas de m'y perdre.

Le rédacteur en chef du *Forain* continue sa barbe et je fuis, craignant de le troubler en cette périlleuse opération. Au reste, nous sommes au but de notre course. Nous sommes chez M. le président.

Il achevait son repas de midi. Quel festin! Je ne l'oublierai jamais. Sur la table, dans un poêlon de fer-blanc, se figeait un reste de ragoût gélatineux. Et tout autour du plat, des assiettes étaient rangées, mais des assiettes superbes, à filets dorés, dépareillées il est vrai, et raccommodées, mais qui avaient été recueillies en quelques poubelles de millionnaires. Le président des chiffonniers mange dans du sèvres ! Et Mme la présidente, pendant que son mari allumait sa pipe, s'occupait à préparer le café. C'est une forte commère, aux appas rebondis, solidement campée sur ses hanches, coiffée du classique mouchoir de coton, à la cadichonne, et telle que Gavarni dessine en ses estampes les femmes du peuple. Le type n'a pas bougé. Et sa voix est à l'avenant, sonore, vulgaire, prompte à l'engueulade et pleine de bonhomie. Mme Gibou et Mme Angot. A ses côtés, un gringalet qu'on me présente comme M. le trésorier.

Le hasard a groupé, tout exprès pour moi, les trois dignitaires de la chiffonnerie. Et l'on cause. Et l'on se déchaîne contre les maîtres chiffonniers, ces tyrans. Et M. le président se renferme dans une majestueuse attitude, congruente à ses fonctions. M. le secrétaire est plus agressif. M. le trésorier a le mot pour rire. Mais ils s'accordent à envisager l'avenir avec confiance. Ils sont optimistes. Ils triompheront dans le combat. Ils sont certains d'acquérir l'indépendance, sinon la richesse. Un seul nuage est à l'horizon. Ils craignent que les hospices de Saint-Ouen ne les expulsent en reprenant possession de leurs terrains.

— Nous sommes si bien ! Nos maisons sont si commodes !

— Eh quoi ! y êtes-vous si attachés ?

— Dame, elles sont à nous, puisque nous les avons bâties !

Oh ! l'amour du sol, du brin de terre que l'on a défriché, cultivé, embelli : le plaisir de posséder, la jouissance d'être quelque part *chez soi* et d'user en toute liberté de son bien ! Instinct mystérieux qui régit les créatures humaines, l'enfant, l'adulte, le milliardaire en son palais, le chiffonnier dans sa hutte, le pêcheur dans sa cabane, le paysan dans sa grange, le vigneron dans son cellier. Le sentiment de la propriété individuelle a ses racines au fin fond de notre être. Et c'est cet invincible désir qui nous pousse à l'action, éveille et stimule nos énergies.

Le fossoyeur Pichot nous a quittés. Il se dirige à grands pas vers la chère maison où l'attend sa ménagère. Et je suis tenté de voir en lui un symbole.

Ne travaillons-nous pas, tous tant que nous sommes, pour édifier notre petite maison bleue ?...

XVIII

Le lilas de Florise

Comme je passais, hier, à l'angle de la rue Cortot et de la rue du Mont-Cenis, l'idée me vint de sonner à la porte de Florise Bonheur. Je n'abuse pas de ces visites, car à Montmartre on est terriblement cancanier. C'est une ville de province où la médisance s'exerce entre voisins ; et je sais, par expérience, que l'intérêt que je porte à Florise peut être mal interprété. Mais je n'avais pas vu sa nouvelle installation, et la curiosité qui me poussait était plus forte que tout autre sentiment.

Il faisait un temps radieux. Au-dessus des murs — car ce vieux quartier est plein de vergers et de jardins — apparaissaient des bouquets d'arbres, des branches chargées de jeunes feuilles et de bourgeons. Et, je ne sais pourquoi, l'ivresse de ce printemps fraîchement éclos se liait dans ma pensée à l'image de la gentille ouvrière. Les douze coups de midi s'égrenaient au loin. Elle devait, à cette heure, avoir achevé sa tâche de la matinée et je n'étais pas fâché de la surprendre dans le trantran familier de sa maison.

Je franchis le seuil vermoulu de l'antique immeuble. Sur la porte, à droite, une carte de visite était clouée :

Florise BONHEUR
Travaux de couture, Robes et Confections

Au moment où l'huis s'entre-bâillait, un bruit confus de voix et de rires frappa mon oreille. Il me sembla que plusieurs femmes causaient et s'interpellaient et que des accents graves et mâles se mêlaient à leurs légers gazouillis. Je ne me trompais point. Un homme était là, un jeune homme de physionomie gaie et aimable et qui me salua courtoisement quand j'entrai. Dès que Florise m'aperçut, une furtive rougeur empourpra ses joues. Elle n'était pas seule avec lui. Une couturière piquait à la machine, une autre cousait contre la fenêtre. Leur présence dissipa les méchants soupçons qui déjà me trottaient par la cervelle, et Florise, qui les avait devinés, ne put dissimuler son trouble en me présentant l'inconnu :

— M. Fortuné Dubois, architecte.

Mme SAQUIN, PASSIVE ET RÉSIGNÉE, ATTENDAIT.

Un silence embarrassé suivit ces mots, M. Fortuné Dubois prit congé, et je crus remarquer que les deux compagnes de Florise échangeaient entre elles un regard sournois. Elles se levèrent, époussetèrent leurs robes, où des brins de fils étaient semés, et disparurent. Ces demoiselles, sans doute, allaient déjeuner à la crémerie prochaine.

— J'irai dans un instant vous rejoindre, dit Florise.

Avec une joie d'enfant, elle me fit les honneurs de son logis. Il était simple et très propre, garni d'objets et de meubles tout flambant neuf. Six chaises cannées, une table et un buffet d'acajou, une suspension, une pendule-réveille en métal nickelé, deux vases bleus en verre et quelques chromos réclames cloués aux murs, ornaient la principale pièce qui servait à la fois de salon et d'atelier. Enfin, dans un angle, je remarquai, ce qui me parut de bon augure, un monceau de vêtements et d'étoffes. Je les lui désignai du doigt :

— Alors, ça va, le commerce ?

— Pas trop mal, comme vous voyez. Je suis obligée de me faire aider, je ne suffisais plus aux commandes.

Je discerne en ces paroles comme un accent de fierté victorieuse. Florise est enivrée de ses succès. Elle commence à se « gober », comme les gens qui sont en voie de faire fortune. Ses yeux brillent de plaisir.

— Vous êtes à merveille, ici, repris-je ; votre appartement est un palais.

— N'est-ce pas que c'est gentil ?

— Mieux que gentil. Mais cela a dû vous coûter fort cher ?

— Ne m'en parlez pas. Voici la liste des frais.

Elle tira de son porte-monnaie un bout de papier et m'en donna lecture :

Salle à manger : table, six chaises, buffet-dressoir	97 »
Suspension	9 95
Machine à coudre	250 »

— J'ai choisi une machine de première qualité. Autrement, ça se dérange, et ça n'est plus une économie.

— Continuez, Florise.

Fers à repasser	8 80
Un fourneau	15 »
Balais, brosses, couteaux, fourchettes, articles divers	22 30
Un poêle-repasseuse	20 »
Batterie de cuisine	19 25
Une pendule et deux vases	11 »

— Il ne faut pas avoir l'air trop misérable pour inspirer confiance aux patrons.

Loyer d'avance	150 »
Une glace	10 »
Garniture de toilette, parfumerie	17 50

— Alors, mademoiselle Florise, nous sommes coquette? Ces dépenses ne me disent rien qui vaille.

Elle se hâte de poursuivre :

Un service de table	12 95
Linge (draps, nappes, torchons, serviettes)	46 »
Un banc de jardin	14 50

— C'est vrai! Je ne me rappelais plus que vous aviez un jardin. Mais ce banc était-il bien nécessaire?

— Il est ravissant. Je l'ai mis près du lilas. Quand vous le verrez, vous ne me gronderez plus, j'en suis sûre.

Un lit Louis XVI	62 »
Un fauteuil Voltaire	29 »
Une table de nuit Louis XVI	23 »
Une armoire Louis XVI	125 »
Sommier et matelas	92 »

Je m'écriai :

— Une armoire Louis XVI! une table Louis XVI! un lit Louis XVI! Voilà bien du Louis XVI! Ce sont des objets de luxe et de grand luxe. Il me semble, mademoiselle, que vous attachez beaucoup d'importance à votre chambre à coucher. Est-ce que, par hasard, M. Fortuné Dubois vous aurait aidé de ses conseils?

Florise froissa le papier qu'elle tenait à la main et d'un geste de dépit le jeta à terre. Puis elle le ramassa, comme si elle regrettait de s'être abandonnée à ce mouvement. Je vis poindre une larme au coin de ses paupières et son visage exprimait un chagrin si ingénu que j'en fus touché.

— Vous avez le droit de croire un tas de choses et cependant je vous jure qu'il n'y a rien entre nous... Rien de rien, je vous dis... Pas ça!...

Elle soupira...

— Je ne peux empêcher ce garçon de tourner autour de moi... J'étais si triste, la première fois qu'il m'a rencontrée! Vous ne saurez jamais ce que j'ai souffert, après que mes parents m'eurent chassée de chez nous. Je logeais à l'hôtel Christophe-Colomb, rue Marcadet. Et ma mère me guettait le soir et me traitait de rouleuse... Ça me bouleversait à un point que je ne pouvais plus fermer l'œil...

Evidemment, Florise meurt d'envie de me narrer ses tribulations! Et je l'écoute avec plaisir, car elle a une façon de conter, vive et pittoresque...

— Je suis obligée de convenir, me dit-elle, que l'hôtel Christophe-Colomb ne paie pas de mine. Ca ne vaut pas le Continental. Les logements y sont assez convenables. Mais, dame! ils ne sont pas très bien habités. Figurez-vous que j'avais sur mon palier un drôle de ménage, un ménage à quatre. La mère, une belle brune de trente-cinq ans; la fille, âgée de quinze ans à peine, et qui vous a un aplomb... Faut voir!... Puis un vieux peintre qui fait la cour à la fille, tandis que la mère a pour connaissance un jeune monsieur qui passe sa vie chez le troquet d'à côté... Son gigolo... quoi!... Et tout ça mange, boit, couche et popote ensemble... Ils se disputent, s'allongent des gifles, se raccommodent. Lorsqu'ils crient trop fort, je les surveille par le trou de la serrure... C'est dégoûtant!

Florise ne me décrit pas ce qu'elle a surpris par le trou de la serrure. Je le devine sans peine. Et je sens bien, au fond, que ce qui la scandalise, dans ce spectacle, ce n'est pas son immoralité — elle en a vu de pires, depuis qu'elle est au monde — mais les brutalités et les violences

Elle a cassé un brin de lilas.

qui l'accompagnent. C'est de cela surtout qu'elle est offensée. Son cœur de bonne fille est épris de générosité, de tendresse ; elle est romanesque ; elle adore les romances sentimentales et les feuilletons, où les amoureux roucoulent, se murmurent à l'oreille des déclarations pâmées et vont, la « main dans la main », à travers « les blés d'or », ou bien voguent, la nuit, dans une « nacelle », au clair de la lune. Elle ne s'est guère nourrie d'une autre littérature. Et ces fades chimères la consolent de la vie réelle, qui lui a été, jusqu'ici, lourde et mauvaise. Elle était donc toute prête à écouter la première chanson d'amour... Et j'ai peur que M. Fortuné Dubois ne lui ait chanté, plus ardemment qu'il n'aurait fallu, cette chanson.

— Oui, ma voisine de l'hôtel Christophe-Colomb est une vilaine femme. Un jour que j'étais triste — il y a des fois où on n'a plus de courage — elle a voulu me débaucher. C'est du toupet, tout de même ! Elle me disait : « Venez donc ! Je vous présenterai à une dame très aimable, qui vous fera travailler. » Je me méfiais de quelque chose. Mais j'étais si lasse que je l'ai accompagnée pour savoir... Et voilà qu'elle m'a conduite dans une sale maison !... Quand j'ai compris où j'étais, je me suis sauvée comme si j'avais le diable à mes trousses...

Une sincère et louable indignation gronde dans la voix de Florise. Elle n'est pas étonnée, elle est outrée de l'aventure :

— Croyez-vous qu'il y a sur la terre des femmes ignobles ! Je ne lui demandais rien, à celle-là. Elle n'avait qu'à me laisser tranquille. Mais non. Parce que c'est une traînée, elle veut que les autres deviennent comme elle. Et moi, je ne peux pas faire la noce. Je comprends tout, hormis ça. Je comprends, si on ne réussit pas à se marier, qu'on prenne un ami...

L'ami... hum !... Je le vois poindre... Il se nomme Fortuné Dubois ; et la pensée de Florise y revient sans cesse. Elle me parle de lui et me raconte enfin leur petit roman.

— Il est commis d'architecte. C'est un excellent métier, où l'on a de l'avenir, paraît-il. Imaginez-vous que ce matin-là — je travaillais rue du Temple, dans un magasin d'exportation — je me suis trouvée assise près de lui, au restaurant. Il m'a fait des politesses, tant et si bien que je me suis sentie en confiance. Qu'est-ce que vous voulez ? Il m'était très sympathique. Il m'a suivie sur la butte et m'a quittée à vingt pas de l'hôtel... Vrai ! Vous pouvez me croire, il n'est jamais entré dans ma chambre...

Depuis que je suis riche, il est venu me voir deux ou trois fois... le matin...

Elle a pris un air malicieux, son air futé de petite Montmartroise.

— Je sais bien ce qu'il voudrait... Je ne suis pas une bête... Mais il perd son temps... A moins cependant qu'il ne me prouve que c'est pour le bon motif!...

Voilà des restrictions dangereuses... Florise rit du bout des lèvres. Et sa gaieté cache, à ce qu'il me semble, un tendre embarras.

Mon Dieu! que j'ai d'inquiétude pour la vertu de Florise!...

Des coups discrets, frappés à la porte, interrompent notre entretien. Une femme apparaît et s'arrête, intimidée, à ma vue. Elle est misérablement nippée et je serais fort empêché de mettre un âge sur sa figure. Elle l'a pâle et osseuse et couturée de rides profondes; ses cheveux grisonnent; un mauvais fichu de lainage drape ses épaules amaigries, et sa robe reprisée et son tablier d'indienne et ses souliers éculés révèlent son extrême dénument. La nouvelle venue est une pauvresse; et dans sa démarche, dans l'expression de ses yeux, flotte une gêne indéfinissable : la crainte des enfants rudoyés et des chiens battus.

Elle avait sous le bras un gros paquet enveloppé de serge noire. Elle le déposa sur la table.

— Vous me rapportez votre ouvrage, madame Saquin? dit Florise.

— Oui, mademoiselle, j'ai fini. Ce n'est pas malheureux! On ne croirait pas comme c'est long à faire, ces camisoles!

— Voyons un peu.

Elle dénoua le ballot et en tira une douzaine de blouses en étoffe claire et qui me semblèrent, en effet, assez compliquées, avec leurs ruches et leurs plis serrés. Florise, s'étant approchée de la fenêtre, les examinait. Et je trouvai que son visage, à ce moment, devenait sévère. Et j'eus l'impression d'un expert ou d'un juge, dont l'opinion redoutée fait force de loi. Elle passait son doigt dans les plis; elle étirait les ruches, afin d'en éprouver la solidité. Quelques points craquèrent.

— Ça n'est pas fameusement cousu, murmura-t-elle.

Mme Saquin, passive et résignée, attendait.

— On s'en contentera tout de même, reprit Florise. Nous disons que je vous dois?... Douze articles à douze sous...

Elle calcula rapidement.

— Cela fait 7 fr. 20. N'est-ce pas? Nous sommes d'accord?

— Oui... C'est le prix...

Un violent combat se déchaîne dans l'âme obscure et lamentable de Mme Saquin. Elle voudrait parler et n'ose. Elle tortille entre ses mains rouges l'extrémité de son châle. Brusquement elle se décide.

— Mademoiselle, est-ce que vous ne pourriez pas allonger un peu la sauce?

Stupéfaite, Florise la regarda.

— Ah! non. Vous savez, je n'aime pas ces plaisanteries... Ce qui est convenu est convenu.

Mais l'autre poursuivait, dolente :

— Je n'vous dis pas... On est bien forcée d'accepter ce qu'on vous offre... Je ne me doutais pas qu'il y avait tant de détails dans ces maudits corsages. J'ai ai fait trois hier et j'ai veillé jusqu'à onze heures pour achever mon troisième. Ça coûte cher, le pétrole. Et le fil, et les aiguilles... Vraiment, mademoiselle Florise, vous devriez monter à quinze sous...

— Je ne peux pas.

— Si vous vouliez, pourtant!...

J'eus le pressentiment que les choses allaient se gâter. Florise devenait nerveuse; des frémissements d'impatience l'agitaient; le bout de son pied menu battait rageusement le sol.

— Si je voulais!... Si je voulais!... Vous êtes étonnante... Et mon loyer, et mes meubles, c'est vous qui les paierez, peut-être? Et s'il y a des effets tachés ou perdus, à qui s'en prend le patron? Est-ce à vous, ou est-ce à moi? Qui est-ce qui est responsable?... Réfléchissez donc, ma chère, avant de lâcher des paroles inutiles.

Mme Saquin réfléchissait, ou plutôt, elle renonçait à la lutte. Elle subissait l'orage. Mais Florise était trop animée pour s'arrêter en chemin. Elle éprouvait le besoin d'expliquer et, sans doute aussi, de justifier son refus.

— J'ai vingt-deux sous par blouse, pas un centime de plus. Je gagne dix sous sur vous... Franchement, ce n'est pas trop... Et puis, madame Saquin, chacun se tire d'affaire comme il peut. Je ne suis pas embarrassée pour trouver des ouvrières.

Tandis que cet inhumain discours sort de la bouche de Florise, je me rappelle ceux que me tenait l'horrible entrepreneuse, Mme Poirot, quand je pénétrai dans son antre, il y a quelques mois. Et je me rappelle aussi l'indignation véhémente de Florise, qualifiant comme elles le méritaient, l'avarice et la cruauté de cette mégère. Se peut-il qu'elle ait oublié cela, et qu'elle imite, avec tant de cynisme, les pratiques qu'elle condamnait? J'en suis humilié pour mon amie. J'admets qu'elle prélève son impôt sur le salaire des confectionneuses, mais à quoi bon l'aggraver par des mots amers et blessants? Me suis-je abusé sur Florise? Est-elle inaccessible à la pitié? Serait-il vrai que le souvenir des misères subies, au lieu d'amollir le cœur, l'endurcît?

L'infortunée Mme Saquin est toujours là, debout, devant la table, où les 7 fr. 20 sont alignés, en billon et pièces blanches. Elle ne geint plus. Et c'est d'une voix ferme et d'un ton simple qu'elle ajoute :

— Je ne me plains pas pour le plaisir de me plaindre. Mais que voulez-vous? J'ai deux gosses à élever. Et je n'y arrive pas avec vingt-cinq sous par jour. Vous savez ce que c'est, mademoiselle Florise. Il n'y a pas bien longtemps, vous avez passé par là.

Vous avez passé par là!... Florise est émue. L'argument l'a touchée en un endroit sensible. Elle se tait, elle hésite. Et soudain, elle ouvre le tiroir du buffet :

— Tenez, madame Saquin, voilà trente sous de plus. Les trente sous, c'est pour vos gosses. Mais ne le dites à personne.

Mme Saquin n'a pas pleuré... seulement, j'ai vu que ses mains tremblaient en ramassant les petites pièces de monnaie. Et ses remerciements confus étaient gros de larmes.

— La pauvre femme n'est pas heureuse, me dit Florise, après qu'elle fut partie. Elle a un mari poitrinaire et deux fillettes de dix à douze ans. Ils couchent tous dans la même chambre. De telles misères, c'est affreux!... N'empêche que je suis stupide de me laisser « taper » comme ça. Jamais je n'arriverai à payer mes huit cents francs de dettes!...

Il m'a fallu admirer le jardin de Florise. Elle m'y a introduit avec une satisfaction orgueilleuse qu'elle n'essayait pas de dissimuler. Le jardin de Florise mesure environ huit mètres de long sur cinq de large. Il est borné au nord par le fond d'un poulailler qui appartient au voisin, à l'est par un vieux mur décrépit, à l'ouest par une palissade que les pluies d'hiver ont pourrie et rendue branlante. Le jardin de Florise ne renferme pas d'allées, ni de plates-bandes, ni de gazon, mais il est soigneusement balayé. Aucune ordure n'y traîne. Point d'assiettes cassées, ni de boîtes à sardines, ni de tessons de bouteille. Enfin, au beau milieu, un lilas s'épanouit, le magnifique lilas, qui m'avait paru piteux, l'autre semaine, et qui maintenant se reprend à vivre et redresse vers le ciel ses branches humiliées. La sève les gonfle; elles bourgeonnent; des feuilles délicates, frêles et frileuses y ont poussé. Elles soutiennent des grappes prêtes à s'ouvrir. Ce beau lilas est plein de promesses. En face, contre la muraille, est posé le banc, superbe, badigeonné d'un ton vert terrible qui tire l'œil à vingt pas.

Et je me suis assis sur le banc, et j'ai contemplé l'arbuste, et j'ai félicité Florise de l'excellente tenue de son jardinet. Elle a cassé un brin de lilas, me l'a piqué à la boutonnière. Elle m'a autorisé à cueillir sur ses joues deux baisers fraternels...

... Et je m'en suis allé, tout fleuri...

ÉPILOGUE

Les personnes qui ont bien voulu suivre avec sympathie les aventures de la famille Bonheur, que j'ai entrepris de raconter, se demanderont, je suppose, ce qu'elle devient. Je puis les rassurer sur son sort. La famille Bonheur est en bonne voie. Florise réussit comme entrepreneuse. Ses affaires d'argent lui procurent des satisfactions et ses affaires de cœur ne lui en donnent pas moins, puisqu'elle va épouser un jeune commis architecte, M. Fortuné Dubois, qui lui plaît infiniment. Son frère Emile n'est plus anarchiste. Il s'est engagé parmi les compagnons des charpentiers de Paris et touche des dividendes. Quant à Pauline... je l'ai rencontrée hier ; elle avait une toilette pimpante, un joli chapeau. Elle étudie pour être comédienne. Telle est, paraît-il, sa vocation...

Mes modestes héros sont donc à peu près heureux. Ils cessent, par cela même, d'être intéressants.

S'il leur arrive de nouvelles catastrophes, j'en instruirai le lecteur.

Achevé d'imprimer pour M. Arthème FAYARD sur les presses de la Maison WELLHOFF & ROCHE

Il parait un volume au commencement de chaque mois

Imp. Wellhoff et Roche, 55, rue Fromont. Levallois-Perret. Tél. 518-15.